Wege durch das Tal der Träume
Erzählungen um Bräuche und Traditionen
in Ober- und Niederbayern

Lucienne ist 12 Jahre und ein ganz normaler Teenager – bis Ruth in ihr Leben tritt. Denn das tut diese auf eine besondere Art und Weise. Die neue Freundin nimmt Lucienne ins Tal der Träume mit, wo sie mit Bräuchen und Traditionen ihrer Heimat vertraut gemacht wird. Plötzlich ist das bisher so langweilige Thema für Lucienne höchst interessant und sie erwartet ungeduldig den nächsten Ausflug mit Ruth.

Die Autorin erzählt verschiedene Bräuche und Traditionen im Jahreskreis – vorwiegend aus Nieder- und Oberbayern – anhand eigener Erfahrungen aber auch Überlieferungen verschiedener Quellen auf unterhaltsame Weise nach.

Ein Buch, das als unterhaltsame Hinführung zum Thema Bräuche und Traditionen gerade für junge Leser ein idealer Einstieg ist.

Daniela Brotsack

Wege durch das Tal der Träume

Erzählungen um Bräuche und Traditionen
in Ober- und Niederbayern

Books on Demand, Norderstedt

Bibliografische Information der Deutschen Nationalbibliothek
Die Deutsche Nationalbibliothek verzeichnet diese
Publikation in der Deutschen Nationalbibliografie; detaillierte
bibliografische Daten sind im Internet über http://dnb.d-nb.de
abrufbar.

Impressum

ISBN: 978-3-7386-0578-5

© 2014 Daniela Brotsack, 2., korrigierte Version
www.daniela-brotsack.com
Alle Rechte vorbehalten.
Titelbild: Daniela Brotsack (Watzmann)
Satz und Layout: Daniela Brotsack
Herstellung und Verlag: BoD – Books on Demand

Für alle, die sich noch ein Stück Kindheit bewahrt haben

Vorwort und Danksagung

Von Kindheit an haben mich Bräuche und Traditionen meiner Heimat immer fasziniert und interessiert. Mit einigen sehr schönen Bräuchen bin ich aufgewachsen. Dann hat es mich irgendwann beruflich von Niederbayern nach Oberbayern verschlagen. Erst zu dieser Zeit habe ich realisiert, dass es gewaltige Unterschiede gibt, wie Bräuche überdauern und gelebt werden. Bayern ist reich an Brauchtum – doch in jedem Dorf sieht es etwas anders aus. Daher gibt es auch zahlreiche Bücher zum Thema. Diese sind teilweise wundervoll bebildert und sehr gut recherchiert. Für mich hatten sie jedoch immer zwei Nachteile: Es handelt sich mehr um Sachbücher, die dadurch etwas „trockener" zu lesen sind, und sie umspannen immer nur eine kleine Region oder gar nur einen Ort.

Mein persönlicher Anspruch an dieses Buch war, die einzelnen Bräuche zu verweben und sie mit einer Geschichte zu umspannen. Mit der Auswahl der geschilderten Traditionen folgte ich meinen eigenen Erfahrungen und der Neugierde. Ich erhebe keinen Anspruch auf Vollständigkeit oder absolute Richtigkeit. Versuchen Sie einmal, einem einzigen Brauch auf den Grund zu gehen – Sie werden viele verschiedene Versionen von Entstehung und Weiterführung dafür finden. Daher war ich so frei, mich jeweils für die Version zu entscheiden, die mir besser gefiel.

Zum Schluss noch ein großes Dankeschön all jenen, die dazu beigetragen haben, dass dieses Buch veröffentlicht wird: meinen Eltern und Freunden, die meine Geschichten für interessant und lesenswert erklärten und mich drängten, diese einem größeren Leserkreis zugänglich zu machen. Danke außerdem meiner Korrektorin und Lektorin Carola Eckl, die den Text nach Tipp-, Umbruch- und Denkfehlern durchforstet hat.

Viel Spaß bei der Lektüre wünscht
Daniela Brotsack

Das Leben ist zu kostbar, um es mit Nichtigkeiten zu vergeuden.

INHALT

Früher dachte Lucienne immer, alles wäre normal. Was sie erlebte, so meinte sie, würden alle anderen Menschen auch in ähnlicher Weise erleben. Zuerst erzählte sie nichts davon, weil ihre Freundin sie darum gebeten hatte und Lucienne nie jemanden absichtlich enttäuschen würde. Später dann bewahrte sie ihr Geheimnis auch, weil sie irgendwann herausfand, dass sie über etwas Besonderes verfügte, dem die Menschen ihres Umfeldes vermutlich irritiert, wenn nicht sogar abweisend begegnet wären.

Schon in ihrer Kindheit war Ruth eines Nachts in ihren Träumen aufgetaucht. Das Mädchen war ungefähr in Luciennes Alter, aber sie wusste häufig über Dinge Bescheid, von denen Lucienne noch nie etwas gehört hatte. Beide unterhielten sich oft die ganze Nacht miteinander oder spielten selbstkreierte Spiele.

Alles das passierte immer nur in Luciennes Träumen, weshalb sie morgens genauso erfrischt aufstand wie andere Menschen – aber sie konnte sich im Gegensatz zu „normalen Träumen" immer an jede Einzelheit erinnern. Diese Ereignisse wiederholten sich auch nie. Sie waren fortlaufend wie das Leben selbst. Ruth und Lucienne wurden beide älter und Lucienne auch klüger.

Eines Nachts, Lucienne war gerade zwölf Jahre alt geworden, kam Ruth wieder und nahm ihre Freundin bei der Hand. „Komm mit. Ich will dich in das Tal der Träume führen. Bisher haben wir uns immer nur in einer Zwischenwelt getroffen. Nun wird es Zeit, dass du das Tal endlich kennenlernst. Im Tal der Träume werden alle Erinnerungen der Menschheit aufgehoben und gepflegt. Dort geht nie etwas verloren, und wenn man den Weg weiß, kann man dort auf alle Fragen, die man sich ausdenken könnte, Antworten finden.

Im Tal laufen alle Zeiten der Welt zusammen und man kann jeden Weg, den es jemals gab oder geben wird, betreten. Ich will dir Dinge aus der Vergangenheit zeigen, an die sich die Menschen in deiner Umgebung wieder erinnern sollen. Vieles ist zwar in irgendwelchen Sachbüchern verzeichnet, aber diese werden nur selten gelesen.

Es ist bei einem großen Teil der Menschen schon viel in Vergessenheit geraten. Aber ich weiß, dass du dich für diese Dinge sehr interessierst. Du wirst dir sicher vieles merken und auch weitergeben an andere. Es gibt nur einen Haken bei der Sache –

ich bin keine Erlöserin. Das heißt, ich bin nicht allwissend und darf selbst nicht jeden Weg beschreiten. Darum muss ich mich unter anderem auch auf menschliche Quellen beziehen. Was davon wirklich wahr ist und was nur Theorie, kann auch ich nicht immer erkennen."

So ging also Lucienne zum ersten Mal mit in das Tal der Träume. Es war kleiner, als sie es sich aufgrund der Erklärung ihrer Freundin vorgestellt hatte. Das grasige Tal war umgeben von sanften Hügeln und einem Wald, dessen Bäume ganz dick mit Raureif überzogen waren, da dort gerade Winter war. Ein kleiner, flinker Bach zog mitten durch und gurgelte, wenn das Wasser über Steine hinwegfloss. Die Sonne stand noch nicht sehr hoch und ihre Strahlen begannen sanft, den Reif abzulecken, was dazu führte, dass sich kleine Tropfen sammelten, die irgendwann glitzernd zur Erde fielen.

„Ist die Jahreszeit hier gleich mit unserer?", fragte Lucienne, da hier die gleichen Temperaturen herrschten wie in ihrer wahren Welt. „Ja, aber nur im Tal an sich. Die Wege jedoch können verschieden gewählt werden. Ich bevorzuge es jedoch, dich immer zur richtigen Zeit ans Ziel zu bringen, nicht zu einer anderen Jahreszeit."

Aus früheren Träumen wusste Lucienne, dass Ruth sie zu jeder gewünschten Tageszeit abholen konnte, auch wenn in Luciennes Zeit gerade tiefste Nacht herrschte.

Doch erst wollte Ruth ihr ein paar grundlegende Dinge erklären. Dazu gingen die beiden ein paar Schritte weiter auf eine wundervolle Sommerwiese. In deren Mitte stand eine ausladende Linde mit einer Bank darunter. Dort setzten sich die Mädchen.

DER JAHRESKREIS

„Wenn man möchte, kann man das Jahr in acht (du weißt ja, die Zahl 8 steht für unendlich) ziemlich gleich große Teile aufteilen, an deren Eckpunkten jeweils ein bedeutsames Datum steht. Ich gebe dir dazu jeweils mindestens zwei mir bekannte Bezeichnungen mit auf den Weg – verschiedene Schreibweisen gibt es dazu meist auch. Lass dich nicht verwirren dadurch. Einen Teil der Feste kennen wir aus der christlichen Welt. Vier davon haben auf jeden Fall in unseren Breitengraden mit dem Stand der Sonne zu tun. Sie sind auch verschieden alt.

WINTERSONNENWENDE ODER JULFEST

Sonnenfest: 21./22. Dezember
Dieses Fest markiert den kürzesten Tag und die längste Nacht im Jahr.

LICHTMESS, IMBOLC ODER LATHA NA BRIGID

Mondfest: 01./02. Februar oder 2. zunehmender Mond (nach der Wintersonnenwende)
An dem Tag werden Kerzen angezündet.

FRÜHLINGS-TAG-UND-NACHTGLEICHE, FRÜHLINGSÄQUINOKTIUM ODER OSTARA

Sonnenfest: auch Äquinoktium oder Frühlingsäquinox genannt; fällt im 21. Jahrhundert auf einen Tag vom 19. bis 21. März
Das Datum ist abhängig vom Jahresstand zum nächsten Schaltjahr. Wird nur von bestimmten Gesellschaftsgruppen gefeiert.

1. MAI UND BELTA(I)NE ODER CETSAMUIN

Mondfest: 30. April (Beltane) bzw. 1. Mai
Beltane wird teilweise mit dem zweiten Vollmond nach der Frühlings-Tag-und-Nachtgleiche in Verbindung gebracht. Unsere Maifeiern sind daraus entsprungen – Fruchtbarkeitssymbole wie der Maibaum.

Sommersonnenwende, Litha oder Mittsommer

Sonnenfest: wird üblicherweise in unseren Breitengraden um den 21. Juni gefeiert
Dies sind der längste Tag und die kürzeste Nacht des Jahres.

Lammas oder Lughnasadh (Lugnassad)

Mondfest: 01./02. August, variiert je nach Quelle, bzw. soll auf den 8. abnehmenden Mond fallen
Dieses Fest hat in unserer Gesellschaft kaum mehr Bedeutung. Früher war das ein Erntedankfest, welches wir schon seit langer Zeit später feiern.

Herbst-Tag-und-Nachtgleiche, Herbstäquinoktium

Sonnenfest: Auch als Äquinoktium, Herbstäquinox oder Mabon bezeichnet. Fällt im 21. Jahrhundert auf den 22. oder 23. September.
Das Datum ist abhängig vom Jahresstand zum nächsten Schaltjahr. Wird nur von bestimmten Gesellschaftsgruppen gefeiert.

Allerheiligen und Samhain

Mondfest: 31. Oktober (Samhain) bzw. 1. November (Allerheiligen) oder 11. Neumond
Das bedeutendste Fest, in dessen Nacht angeblich das Tor zur Anderswelt offen steht.

Bei den Mondfesten musst du bedenken, dass sie nach dem Mond berechnet werden, also nicht wie die Heiligen-Gedenktage jedes Jahr am gleichen Tag stattfinden. Je nach Berechnungsmethode gäbe es da erhebliche Unterschiede.

Entweder man rechnet nach dem ersten Neumond, der zwischen den 20. Dezember und den 18. Januar fällt, oder man hält sich an den ersten Vollmond nach der Wintersonnenwende. Es gibt auch Varianten, bei denen die Mondfeste an Neu-, Voll-, zunehmendem und abnehmendem Mond, also wechselnd, gefeiert werden sollen.

Vermutlich wurden zum Beispiel bei den Kelten deren Mondfeste immer an Vollmond gefeiert. Was natürlich sinnvoll ist, weil diese Feste im Freien stattfanden und man bei Vollmond einfach besser sieht. Außerdem war für die Kelten Vollmond eine besonders heilige Zeit.

Nach manchen Quellen sind die Sonnenfeste immer fix am 21. des jeweiligen Monats, bei anderen verschieben auch diese Daten sich um ein paar Tage. Aber egal, wie man diese Tage berechnet; wichtig sind die Tage selbst. Und darüber – und auch über viele weitere Tage im Jahr – wirst du von mir so einiges zu hören bekommen."

„Das ist alles sehr spannend. Habe ich richtig gerechnet, dass ziemlich genau alle eineinhalb Monate ein Fest ist?"

„Ja, genau. Die Feste teilen das Jahr in acht beinahe gleich große Stücke – wie die Speichen eines Rades. Dieses Symbol wird uns sicher einige Male begegnen.

Allerdings dürfen wir nicht davon ausgehen, dass seit Urzeiten die acht gerade angesprochenen Feste gefeiert wurden. Sie kommen aus verschiedenen Kulturen und unterschiedlichen Zeiten. Wir sehen uns einfach mal alles an."

Ruth nahm wiederum Luciennes Hand und führte sie auf einen Weg, der – vorher anscheinend gar nicht vorhanden – in einen kleinen Ort führte, der erst jetzt vor ihren Augen erschien.

Überhaupt hatte sich die Gegend rundherum komplett verändert. Nichts war mehr vom Tal der Träume zu sehen.

„So, hier ist schon der erste Weg, den wir zusammen gehen werden. Du wirst bemerken, dass wir beide hier nur stille Zuschauer sind.

Die Menschen werden uns nicht sehen und auch direkt durch uns hindurchgehen können. Wir wiederum können auf diesen Wegen durch Wände gehen und in die Gedanken der Menschen sehen, da wir eigentlich nur geistig hier verweilen.

Am Ende unserer Ausflüge wirst du wie immer in deinem Bett aufwachen und dich an alles erinnern können, was du erlebt hast. In dieser Richtung wird sich also nichts ändern.

Von nun an werde ich dich öfter auf solche Reisen mitnehmen, damit du deine bayerische Heimat besser kennenlernst. Manchmal sind Zeit und Ort nicht wichtig. Dann werden wir uns auch nur auf das Geschehen konzentrieren. Doch ab und an werde ich dir mehr darüber erzählen. Und vielleicht werden wir auch den einen oder anderen Weg in einem anderen Land begehen. Falls einmal etwas passiert, was dir nicht gefällt, so nimm es dir nicht zu Herzen. Es musste dann einfach sein. Wir beide können an den Ereignissen nichts verändern, nur Schlüsse für die eigene Zukunft ziehen.

Ja, und noch etwas: Was wir erfahren, ist immer nur das Erlebnis der dort versammelten Personen. In einem anderen Dorf kann schon wieder ein ganz anderer Brauch vorherrschen. Weißt du, es gibt so viele verschiedene Bräuche und Auffassungen zu einem einzigen Ereignis, dass ich dir immer nur eine Version oder vielleicht noch eine zweite zum Vergleich zeigen oder erzählen kann.

Du musst immer daran denken, dass du nur einen kleinen Ausschnitt von einem großen Ganzen siehst und hörst. Ich kann dir nicht alles beibringen, was es zu diesem Thema zu wissen gibt. Es wäre auch viel zu verwirrend."

So begannen die wirklich interessanten nächtlichen Ausflüge von Lucienne, von denen sie jeden einzelnen als unbeteiligte Person sehr genießen konnte.

Zuallererst wurde das Mädchen von Ruth zu der Kate einer alten Frau gebracht, deren Leben schon bald vorbei sein würde. So hatte Lucienne einen ruhigen Traum, der doch vieles erklärte.

21. DEZEMBER:
WINTERSONNENWENDE

Die kleine Brigitta saß auf dem Schoß von Oma Tina und fragte dieser schon zum wiederholten Male Löcher in den Bauch. „Warum ist es so früh dunkel und warum ist nächste Woche Weihnachten und nicht im Sommer? Warum musste denn Jesus unbedingt im kältesten Monat geboren werden?" Oma Tina überlegte kurz. „Weißt du, Brigittchen, so ganz genau kann keiner sagen, wann das Jesuskind geboren ist. Aber du musst auch überlegen, dass es in dem Land, in dem Jesus lebte, kaum solch strenge Winter gibt wie bei uns. Dort kennt man Schnee beinahe nicht. Aber ich werde dir etwas über die dunkle Zeit im Jahr erzählen, die wir hier kennen.

Als die Leute noch an andere Götter glaubten, war der 21. Dezember – also morgen – ein ganz wichtiger Tag. Da ist nämlich die längste Nacht und somit der kürzeste Tag des Jahres.

An diesem Tag wurde immer ein großes Fest mit viel Kerzen und Lichtern gefeiert, die das Licht symbolisieren sollten, das an eben diesem Tag – in Gestalt der Lichtgeburt des Mannes der großen Göttin – wiedergeboren wird. Er verkörpert dieses Licht und auch das bevorstehende Frühjahr. Die Kammern wurden zu seinen Ehren mit immergrünen Zweigen geschmückt – z. B. Misteln oder Stechpalmen.

Wahrscheinlich kommt auch der Brauch des Christbaumes von dem alten Brauch, in der dunkelsten Jahreszeit grüne Zweige in die Wohnung zu nehmen, um dem Leben zu huldigen."

„Ja, Oma, aber das war doch der 21. Dezember, wir feiern aber erst an Weihnachten. Aber auch mit Kerzen und Baum und so. Warum ist das so?" Ungeduldig rutschte die Kleine auf ihrem Hosenboden hin und her.

„Warte noch ein kleines Weilchen, dann verstehst du es schon. Als nun der christliche Glaube schon weit in die Welt vorgedrungen war, feierte man nicht die Geburt des Retters, sondern seine Taufe, die angeblich am 6. Januar war, also am Dreikönigstag.

Im 4. Jahrhundert wurde zum ersten Mal Weihnachten als die Geburt Christi am 25. Dezember gefeiert und der Jahresanfang auf den 1. Januar gelegt. Vielleicht wollte die Kirche einfach das heidnische Fest an Wintersonnwend' beseitigen. Da man aber von jeher kein Fest des Volkes ersatzlos streichen konnte, so wurde aus dem Fest der Wintersonnwende das Fest Christi Geburt. Da Jesus für die Christen das Licht ist, passt das ja auch wieder. Ich denke, wir haben es der Einführung des Gregorianischen Kalenders um 1582 zu verdanken, dass die beiden Ereignisse nicht mehr am selben Tag stattfinden."

„Wenn ich aber jetzt Wintersonnwend' und Weihnachten feiern will?", fragte Brigitta herausfordernd. „Dann machen wir zwei das zusammen. Und wir erzählen es keiner Menschenseele. Das wird nämlich unser großes Geheimnis." Die letzten Worte wisperte Oma dem kleinen Mädchen ins Ohr. „Au ja Omi, das machen wir!"

Glücklich ging Brigitta an diesem Abend ins Bett. Ihre Oma Tina hatte versprochen, mit ihr allein die Wintersonnenwende in ihrem Wohnzimmer zu feiern. Das würde sicherlich ein wunderschönes Fest werden. Sie träumte von vielen Kerzen in einer dunklen Nacht und auch von der großen Göttin, ihrem Gemahl und dem Jesuskind und der heiligen Familie. Diese saßen ganz einträchtig zusammen und freuten sich an den Festen der Menschen.

„Also ist die Mistel nicht eine relativ neue Mode, die von England kommt?", fragte Lucienne. Ruth lächelte, „Nein. Schon für die Kelten war die Mistel eine Himmelsgabe. Die Druiden sollen sie angeblich mit goldenen Sicheln geschnitten haben und die Mistel durfte niemals den Boden berühren. Beim späteren englischen Brauch war die goldene Sichel nicht mehr notwendig, aber die Regel, dass die Pflanze nicht auf dem Boden aufkommen durfte, wurde beibehalten. In Herrschaftshäusern wurden unter jedem Türstock Misteln aufgehängt und Männer durften jede Frau, die sie darunter antrafen, straflos küssen. Nach jedem Kuss wurde der meist weißbeerigen Mistel eine Beere abgepflückt. Wenn keine Beere mehr da war, war Schluss mit der Küsserei. Schade ist, dass die Pflanze jetzt so in Mode ist, dass sie in manchen Teilen Europas schon fast ausgerottet ist. Sie braucht nämlich unheimlich lange, um nachzuwachsen. Die Misteln, die überwiegend zum Verkauf stehen, sind schon 30 Jahre alt und älter. Von der Keimung bis zur ersten Verzweigung vergehen sage und schreibe fünf Jahre."

„Das ist ja der Hammer! Ich werde sicher keine Mistel mehr kaufen. Mir gefallen die in der Natur sowieso viel besser. Es sieht einfach herrlich aus im Winter, wenn man nackte Bäume sieht, an denen Misteln büschelweise hängen."

„Schade, dass nicht mehr Menschen so denken. Aber man kann auch versuchen, Misteln selbst zu züchten. Man muss dazu eine der klebrigen Beeren an den Stamm eines geeigneten Laubbaumes (z. B. Birken, Pappeln, Ahorn- oder Apfelbäume) drücken und warten, was passiert.

Weißt du eigentlich, dass sogar die Wurzeln der Mistel grün sind? So etwas kennt man nur von dieser Pflanze. Sie ist auch kein Parasit, sondern ein Halbschmarotzer, der den Wirtsbaum nur um Wasser anzapft. Und außerdem soll sie Heilkräfte enthalten, weshalb sie auch oft mit Druiden und Priestern in Verbindung gebracht wird. Eine Krebsmedizin wird heutzutage auch aus den Misteln hergestellt.

Die anglosächsische Bezeichnung für Winter Solstice oder Wintersonnenwende ist Yul, was wiederum vom nordischen iul kommt, welches Rad bedeutet. Das Rad der Natur, der heilige Kreis. Dies war der Tag, an dem der oberste Druide einen Mistelzweig von der Eiche schnitt und auf einen Umhang fallen ließ."

„Lass uns nach Hause gehen. Mir schwirrt schon der Kopf. Ich muss mich erst an die neue Art von Lektionen gewöhnen. Aber es hat mir unheimlich Spaß gemacht." Lucienne sah glücklich aus, und Ruth war es fürs Erste zufrieden und brachte ihre Freundin nach Hause.

25. Dezember–06. Januar: Rauhnächte oder Raunächte

„Was weißt du über die Raunächte?", fragte Ruth ihre Freundin in der Nacht zum 26. Dezember. „Meine Mutter hat mal das Wort erwähnt. Ich habe aber keine Ahnung, was es bedeutet", antwortete Lucienne und freute sich schon auf ihr nächstes Abenteuer im Tal der Träume. Und kaum hatte sie den Gedanken zu Ende gedacht, stand sie schon mit Ruth an einer Weggabelung und es wurde dunkel um sie.

Die schwärzeste und doch die hellste Zeit des Jahres war immer noch nicht vorbei. Gerade war die alte Mathilde aus der Kirche gekommen, in der sie eine feierlich gestaltete Christmette erlebt hatte. Nun wollte sie die letzte friedliche Nacht vor den Nächten der Wilden Jagd genießen und wanderte im Licht des Mondes, unzähliger funkelnder Sterne und ihrer kleinen Laterne wieder zu ihrem Häuschen zurück. Nichts beeinträchtigte den Schein der Himmelskörper und immer wieder hielt die alte Frau in ihrem Schritt inne und hob staunend die Augen zum Firmament. Sie seufzte glücklich. Diese Nacht war so friedvoll und so ganz anders, als die nächsten Nächte sein würden.

Die schaurigen Jäger um die Freya, Frigga, Perht, Holda, Werra, Perchta oder Berchta, die etwas abgemildert irgendwann zu Frau Holle wurde, jagten ihr wirklich Angst ein. Obwohl Mathilde eine gläubige Christin war, saßen die alten Bräuche noch tief. Sie wusste auch genau, warum am heiligen Abend mit Einbruch der Dunkelheit regelmäßig bis zur Mitternachtsmesse das Schreckenläuten erklang. Das lag an der besonderen Macht, die Hexen und Geister in dieser Zeit nach dem alten Glauben hatten. Doch Mathilde mochte nicht glauben, dass in so einer wundervollen und heiligen Nacht etwas Schreckliches passieren könnte.

Ihre Urgroßmutter war noch eine heimliche Anhängerin des alten Glaubens gewesen. Sie betete noch zu Frigga, der weißen Frau – der Hüterin der Tugenden. Ihr Tag war der 6. Januar, in dessen Nacht der Sturm wehte, der Gutes bringen sollte.

In den zwölf Nächten zwischen dem Weihnachtstag und dem Dreikönigstag konnte man, wenn man wachsam war, den Odin, Wodan oder Schimmelreiter beobachten, wie er mit seiner wilden Jagd durch die Lüfte zog. Er drang durch ungenügend geschlossene Türen und Fenster und jagte den Bauern großen Schrecken ein.

Mathilde wusste, Wodan, oder auch Wotan genannt, war ein alter, germanischer Pferdegott gewesen. Er jagte mit seinem achtbeinigen Schimmel Sleipnir (der Schlüpfrige, rasch Gleitende) und zwei Raben Hugin (Gedanke) und Munin (Erinnerung) über den Himmel. Bei der Jagd halfen ihm zwei Wölfe: Geri (gierig) und Freki (gefräßig).

Wenn die Menschen nicht so ängstlich gewesen wären, dann hätten sie versunkene Schlösser und Schätze emporsteigen sehen können. Es ging auch das Gerücht um, dass Zwerge unterwegs wären oder Hexen sich in fremde Tiergestalten verwandelten.

In dieser Zeit blieb man als junges Mädchen besser zu Hause und spann für die Aussteuer. Zur Geselligkeit traf sich die ganze Dorfjugend reihum in den Katen und Gutshäusern, um viele Tage lang zu spinnen und den Erzählungen der Alten zu lauschen.

Man erfuhr viel von allerlei Liebesorakeln und wurde aufgeklärt über die Bräuche der Ahnen. In diesem Punkt war eine Wandlung auch nicht mit dem Christentum gekommen, das die alten Riten für schlecht und Frigga sowie Wodan zu Teufeln erklärte.

Mathilde lächelte, während sie ihre Schuhe vom Schnee säuberte, bevor sie eintrat in ihr Reich. Ganz so dumm waren die Priester doch nicht. Da sie genau wussten, dass Bräuche wie Geschwüre im Leben der armen Leute waren, wurden diese nur einem anderen, vermeintlich guten – selbstverständlich christlichen – Zweck zugeführt.

So dachte zwar auch jetzt immer noch jeder bei den Raunächten an Winterstürme, und dem einen oder anderen lief in der Nacht ein kalter Schauer über den Rücken. Doch nun wurden diese Nächte mit der Christnacht feierlich eröffnet. Die katholische Weihnacht ging nun bis zum 6. Januar, an dem die Heiligen Drei Könige dem Herrscher der Juden ihre Gaben darbrachten.

Dazwischen lag ein wichtiger Termin, den die Menschen Julius Caesar zu verdanken haben. „Der Schlawiner hat doch wirklich alles durcheinandergebracht, als er den Jahresanfang vom 1. März auf den 1. Januar legte." Mathilde brummelte vor sich hin. „Warum er dann nicht auch die Monatsnamen geändert hat, ist mir ein Rätsel. Da heißt September eigentlich sieben und ist aber der neunte Monat. Außerdem kommt Dezember von lateinisch zehn. Da sind mir doch die alten deutschen Monatsnamen viel lieber, die die Wochen beschreiben, wie Wonnemond, Heumond, Nebelmond und so weiter."

Mathilde sann weiter über die Zeit zwischen den Jahren nach. „Als junges Mädchen war ich immer bei den Pferdeumritten am Stephanstag, dem 26. Dezember, dabei. Mein Wallach war der schönste von allen. Und zu Hause wurden Wein und Hafer geweiht. Da gab es ein Schlemmen! Außerdem war es eine friedliche Zeit. Alle Fehden mussten ruhen, und es wurde kein Gericht gehalten."

Ihr Gesicht bekam einen traurigen Ausdruck. Ein alter Brauch gefiel ihr nicht so gut. Denn zwischen Weihnachten und Neujahr durfte nicht ausgemistet oder gedroschen werden, sonst kriegt man es mit Hexen zu tun. „Wir haben es hier wie im Himmel und die armen Viecher müssen im eigenen Mist stehen", schimpfte sie vor sich hin. Und schon wurde sie wieder besser gelaunt. „Aber ich will ja Glück im neuen Jahr haben. Also brauche ich weder mich noch meine Kleider zu waschen. Das Wasser ist eh viel zu kalt und alles braucht so lang am Ofen, um zu trocknen."

Ach, und nicht lange, da würde die Arbeiterei wieder weitergehen. Also sollte man die Zeit einfach nur genießen. Obwohl das Silvesterschießen die Saaten der Pflanzen wecken und böse Geister vertreiben sollte, konnte Mathilde den Krach nicht leiden.

Und dann kam noch der Frau-Holle-Tag am 6. Januar. Na, eigentlich die Erscheinung des Herrn. Mathilde ertappte sich dabei, immer noch die alten Namen zu verwenden. Wie in der heiligen Nacht soll man die Tiere in menschlicher Manier sprechen hören. „Alles Unfug. Nichts sagen sie. Aber dass das um Mitternacht geschöpfte Wasser Heilkraft hat, das will ich nicht bestreiten."

Die drei Weisen schicken außerdem Träume, so sagte man.

„Ja", dachte Mathilde, „in meinem Alter hat man nicht mehr viel mehr zu erwarten, als sich in kalten Nächten an angenehmen Träumen zu freuen."

Ruth machte auf dem Rückweg noch einmal Halt. „Das frühere Julfest dauerte zwölf Nächte und begann wahrscheinlich mit der Sonnenwende. Es gibt ja immer noch den Brauch mit dem Julscheit aus meist Eichenholz, das die ganze Nacht über brennen und mit dessen Feuer am nächsten Morgen das Herdfeuer als Symbol der Neugeburt des Lichts neu entfacht werden soll. In vielen Gegenden wurde dieser Brauch auf die Christnacht transferiert.

Idealerweise soll das Julfeuer nicht ausgehen bis zum Ende der Raunächte. Man kann aber auch eine Kerze verwenden, wenn man keinen Kamin hat.

Die Rauhnächte, Raunächte oder auch Rauchnächte haben ihren Ursprung im Wort Rauch, das von Fell oder Pelz kommt. Die Spukgestalten, die in diesen Nächten ihr Unwesen trieben, waren in Felle gekleidet.

Es gibt verschiedene Anschauungen über die Länge der Raunächte. Sie enden laut heutiger Anschauung meist am 6. Januar. Allerdings beginnen sie bei manchen Quellen am 25. Dezember und bei anderen am 21. Dezember (so zum Beispiel früher in Bayern). Sie dauern zwölf Nächte, wobei bei der zweiten Variante die Festtage, wie Heilige Nacht, Thomasnacht und Nacht zum Dreikönigstag sowie die Sonntage ausgenommen werden. Was natürlich dann rechnerisch auch wieder nicht jedes Jahr stimmen kann, wenn Festtage auf einen Sonntag fallen.

Es gibt da außerdem einen Wetterglauben zu den Raunächten. Wenn die Sonne scheint, bedeutet das an den betreffenden Tagen Folgendes:

Glückliches Jahr
Teuerung
Uneinigkeit
Fieberträume
Reichlich Obst
Früchteüberfluss
Gute Viehweide und Teuerung
Viele Fische und Vögel
Gute Kaufmannsgeschäfte
Schwere Unwetter, Gewitter
Dichte Nebel
Streitigkeiten, Missgunst und Unruhe

Der 6. Januar ist der 13. Tag und dieser soll angeblich entscheidend sein. Bei trockenem Wetter kann man sich nach den Wettervorhersagen richten, bei Regen oder Schnee nicht.

Einen anderen Wetterglauben gibt es zu Silvester:

If New Years Eve night wind bloweth south,/
It betokeneth warmth and growth./
If west, much milk, and fish in the sea;/
If north, much cold, and stormes there will be;/
If east, the trees will bear much fruit;/
If north-east, flee it, man and brute./

wenn der Wind am Silvesterabend süd weht,
bedeutet dies Wärme und Wachstum,
wenn west, viel Milch und Fisch im Meer,
wenn nord, kalt und Stürme,
wenn ost, tragen die Bäume viele Früchte,
wenn nord-ost, meide es, Mann und Vieh.

Bei den Römern war es Tradition, an Neujahr Lorbeer unter Freunden auszutauschen. Er stand als Symbol der Hoffnung, das kommende Jahr solle viel Glück bringen. Und im elisabethanischen England war es gang und gäbe, Gästen am Neujahrstag Zweige zu schenken, die nach Rosmarin dufteten, sowie mit Nelken garnierte Orangen. Ach, und die Schafgarbe soll der irischen Sage nach das erste Kraut gewesen sein, das Jesus als Kind pflückte. Deshalb soll es Glück bringen."

06. Januar:
Drei Hl. Könige/Frau
Holle oder Percht

Ruth stand am Eingang des Tals der Träume und wartete auf ihre Freundin Lucienne. „Du weißt, welchen Tag wir morgen haben?" Lucienne runzelte kurz die Stirn und dachte nach. „Ja, den 6. Januar."
Ein Lächeln glitt über Ruths Gesicht. „Das war mal eine wirkliche Kompromiss-Antwort. Ich denke, langsam weißt du, auf was es immer hinausläuft.

Der Tag ist der gleiche, aber es werden verschiedene Feste – meist zu Ehren verschiedener Gottheiten oder Heiliger – gefeiert. Wir wissen zwar schon so einiges über den Tag. Aber es gibt noch mehr zu sehen, was wir bei der alten Mathilde nicht erfahren haben.

Zu Mitternacht beginnt nach dem alten Glauben der Tag von Frau Holle oder auch der Göttin Frigga (deren Beiname Walburg gewesen sein soll) oder Perchta. Darauf kommen wir später nochmals. Aber es ist auch der Tag der Heiligen Drei Könige.

Wir gehen also einen Weg, auf dem wir wieder etwas mehr über die alten Bräuche an dem Tag und seinem Vorabend sehen und hören werden." Mit diesen Worten setzte sich Ruth in Bewegung.

In dem Moment, als Ruth sich umdrehte, um voranzugehen, dachte Lucienne, in ihrer jungen Freundin eine steinalte Frau zu erblicken. Gerade so, wie sie sich die Göttin Frigga vorstellte.

Antje war eine Frau um die dreißig, Großmagd an einem wichtigen Hof. Es war gerade der Vorabend des 6. Januars und sie beaufsichtigte die Mägde, wie sie alle Fensterläden fest verschlossen. „So ist es gut. Das sollte halten. Die wilde Jagd muss draußen bleiben."

Eine der ganz jungen Mägde kam zu Antje und flüsterte: „Stimmt es, dass der Jakob heute Nacht im Stall bleiben wird, um die Tiere sprechen zu hören?" Antje machte eine wegwerfende Bewegung. „Das wird er nicht tun, weil der Bauer schon darauf achtet, dass keiner mehr das Haus verlässt nach dem Abendgeläut. Und wenn er doch so dumm ist und sich rausschleicht, dann gnade ihm Gott, wenn er erwischt wird. Dann war das nämlich die letzte Nacht hier für ihn. Kannst ihm gleich erzählen. Ich werde dem Bauern nichts sagen, aber er soll nicht so dumm sein. Schließlich brauchen wir jeden tüchtigen Burschen wie ihn."

Das Mädchen entfernte sich schnell und schlüpfte durch die offene Stalltüre, um ihrem Schwarm von dem ihm bevorstehenden Schicksal zu erzählen.

Später wurden alle Hofbewohner von der Bäuerin in die große Stube zum großen Dreikönigsmahl gerufen. „Zur Feier der Dreimahlsnacht haben unsere Leni und ich drei wunderbare Sachen vorbereitet, die wir alle nach getaner Arbeit nun in fröhlicher Runde zu uns nehmen werden. Der Bauer hat Bier und Schnaps bereitgestellt für alle – außer für unsere Kinder! Da heute auch offiziell Karnevalszeit beginnt, will ich kein grimmiges Gesicht sehen. Wer nicht zu feiern und zu lachen versteht, soll nach dem Essen zu Bett gehen und keinem die Laune verderben. So, nun greift kräftig zu. Es gibt noch Nachschub!"

Die Nacht versprach, ruhig zu werden, und alle gingen nach dem Festmahl und ein paar feucht-fröhlichen Stunden ins Bett, um am nächsten Morgen wieder fit zu sein für die bevorstehenden Pflichten.

Um die Zeit zu vertreiben, erzählte Ruth Lucienne ein paar Dinge über den Heilig-Drei-König-Tag. „Es ist gar nicht sicher, ob es sich nicht nur um Weise gehandelt hat. Aber wegen der kostbaren Geschenke glaubte man, dass es Könige gewesen sein müssen. Gold steht für die Königsherrschaft Christi, Weihrauch ist das Symbol seiner Gottheit und die Myrrhe soll als Hinweis auf seinen frühen Tod gelten.

Früher wurde ein Türkreuz angebracht als Schutz gegen Wotan (Totengott) und seine Walküren. Mit der Zeit sind Wotan sogar in der Sagenwelt zum Wilden Reiter und seine weiblichen Begleiter zu Hexen erklärt worden. Auch Frau Holle (oder Holda bzw. Hulda – die Holde, Frija bzw. FreyaHel bzw. Perchta oder Perchta-Hulda), die Hüterin der Tugenden, kennt schon jetzt beinahe niemand mehr – außer natürlich aus dem Märchen der Gebrüder Grimm.

Hieran siehst du, wie sich die in verschiedenen Zeiten und Orten entstehenden Bräuche langsam so mischen können, dass es schwierig wird, die einzelnen Aspekte wieder zu trennen. Holda war eine alte Germanische Göttin, die für tote Kinder zuständig war. Darum heißt es auch, dass man sie in der letzten Nacht der Raunächte mit einer Schar toter Kinder sehen kann. Sie kann sowohl jung und schön erscheinen, als auch alt und hässlich. Sie kann strafen oder belohnen – je nachdem, ob jemand faul oder fleißig war. Und sie ist Teil der Wilden Jagd. Es gibt in mehreren Regionen, wie zum Beispiel in Oberbayern oder Österreich, noch Perchtenläufe. Doch davon werde ich dir erst am Ende des Jahres erzählen, wenn die meisten davon stattfinden. Nun zurück zum 6. Januar.

Im frühen Christentum waren die Heiligen Drei Könige die beliebtesten Heiligen. Viele Leute trugen Dreikönigszettel am Körper oder hatten sie an Schranktüren, Truhen und so weiter geheftet, um Segen und Schutz zu erlangen. Außerdem wird auch heute noch in verschiedenen Regionen in der Nacht zu ihrem Gedenktag die „Drei-Königs-Milch" bereitgestellt, die dann an alle Hausbewohner und die Tiere verteilt wird als Sinnbild für Fruchtbarkeit im neuen Jahr. Und auch Herbergen wurden nach ihnen benannt, da sie als Schutzpatrone der Reisenden galten."

Lucienne runzelte die Stirn. „Darum heißen in den alten Geschichten die Gasthäuser manchmal ‚Zum Stern' oder ‚Zu den drei Kronen'", meinte sie nachdenklich und Ruth nickte erfreut. „Sag mal, stimmt es eigentlich, dass am 6. Januar früher die Geburt Christi gefeiert wurde? Meine Tante hat da letztens so etwas behauptet."

Ruth schaute auf. „Stimmt, in Bethlehem und Jerusalem zum Beispiel. Die alte Bezeichnung für den Dreikönigstag ist ja auch

Epiphania, was soviel wie Erscheinung des Herrn heißt. Und auch Neujahr wurde an diesem Tag lange Zeit gefeiert. Weitere Bezeichnungen für diesen Tag sind ‚Kleine Weihnacht‘ oder ‚Großneujahr‘. Aber jetzt lass uns erst mal hier zusehen.“

Es war schon wieder Morgen auf dem Hof und alles war geschäftig an der Arbeit. Nach dem Füttern des Viehs ging man zur Kirche. Es wurde ein Korb mit Salz, Weihrauch und Kreide zur Weihe mitgenommen. Die Messe dauerte etwas länger, da neben der Weihe noch einige Taufen auf dem Programm standen, die traditionell an diesem Tag vorgenommen wurden.

Zusammen mit Weihwasser wurde der Korb mit den Gaben wieder nach Hause gebracht. Dort ging dann der Bauer zusammen mit seiner jüngsten Tochter mit dem Wasser und dem nun entflammten Weihrauch durch Haus und Stall – das traditionelle Räuchern.

Etwas später stand Antje im Hof zusammen mit ein paar verkleideten Jungen und dem Bauern. Sie fuhr gerade einen der Sternsinger an, der unlustig die Zeichen C + M + B (= Christus mansionem benedicat = Christus segne dieses Haus oder Caspar + Melchior + Balthasar) zusammen mit der Jahreszahl (gegen Brand, Unwetter und Diebe) an die Haupttüre des Hofes malte. „Mach es ja schön! Schließlich sollen wir das Gekritzel das ganze Jahr über ansehen.“

Von der Hausecke hörte sie Gekicher. Dort standen alle Hofbewohner versammelt. Die Jungen begannen zu singen – etwas schräg, da ein paar schon im Stimmbruch waren, aber dafür mit Freude:

> Die Heiligen Drei König sind hochgeborn,
> sie reiten daher ja mit Stiefi und Sporn.
> Sie reiten daher, zum fürstlichen Haus,
> da schaut der Herodes beim Fenster heraus.

Und am Ende ihrer Lieder ertönte noch ihr Spruch: „Es wünschen Euch ein gutes Jahr Kaspar, Melchior und Balthasar!“

Mit Lebensmitteln wurden die Sternsinger vom Bauern entlohnt. „Danke für euren Segen für dieses Jahr, ihr Buben. Kommt auch nächstes Jahr wieder!"

Als die kleine Gruppe abgezogen war, drehte er sich zu Antje um. „Komm rein. Zeit für den Kuchen und unseren Bohnenkönig." Damit verschwand er in der Stube. Dort waren Familie und Knechte sowie Mägde schon am Tisch versammelt.

Die Bäuerin teilte einen frischen Kuchen in gleiche Teile und jeder nahm sich ein Stück davon. Ein paar Minuten waren alle schweigend am Kauen, bis das kleinste Töchterlein des Hauses aufsprang.

„Ich hab sie!" In ihrer kleinen Hand hielt sie eine weiße Bohne hoch, die im Kuchen eingebacken gewesen war. Ihr breites Lachen entblößte zwei frische Zahnlücken, als sie wie ein Derwisch durchs Zimmer tanzte. „Ich bin die Königin Markfett und ihr müsst mir alle gehorchen. Das wird lustig!"

Halbernst drohte der Vater mit erhobenem Zeigefinger. „Treib es nicht zu bunt! Sonst wirst du es dieses Jahr büßen müssen." Doch seine Worte verhallten ungehört in der fröhlichen Stimmung, die sich im Raum ausbreitete.

Denn auch der Bohnenkönig stand jetzt fest: Der alte und humorvolle Alois, der schon auf dem Hof gearbeitet hatte, als die Eltern des Bauern noch jung waren. Er hatte die schwarze Bohne im Kuchen gefunden.

Nach nur ein paar Minuten Beratung mit verschwörerisch zusammengesteckten Köpfen stand auch schon der Hofstaat fest. Alois verkündete, wer Rat, Sekretär, Arzt, Mundschenk, Vorschneider, Diener, Sänger, Musikant, Koch und Hofnarr sein sollte für diesen Tag. Die Auswahl trug sehr zur Belustigung der Gesellschaft bei.

„Da haben wir ja ein allerliebstes Paar und dessen verrückten Hofstaat", lachte die Bäuerin, jetzt der Arzt. „Komm, Leni Mundschenk, bring den beiden was zu trinken und schau, dass alle noch was Gesundes im Glas haben." Im Nu standen vor der kleinen Kathi ein Becher Milch und vor dem Alois ein Humpen selbstgebrautes Bier. Alois hob sein Getränk an die Lippen, und seinem Beispiel folgten alle Anwesenden mit dem Ausruf „Der König trinkt".

Jeder spielte seine Rolle nach bestem Können. Der Bauer sang mit kräftigem Bass, während Antje ihn auf einer Flöte begleitete. Der kürzlich ernannte Hofnarr gab derbe Späße zum Besten, bis ein paar Stimmen eine Pause verlangten, weil dem gesamten Hofstaat schon die Bäuche schmerzten vor Lachen.

Ruth und Lucienne blieben noch eine Weile und hatten ihre Freude an der fröhlichen Runde, bis es für beide Zeit wurde, still Abschied zu nehmen.

Danach hatte Ruth noch etwas zu erzählen. „So, das waren also die Heiligen Drei Könige mit ihrem Kürzel C + M + B oder K + M + B. Nach Auffassung mancher Fachleute kommen die Anfangsbuchstaben – und auch die Art der Weihe – gar nicht von den drei nur vage greifbaren Weisen aus dem Morgenland (Das Matthäus-Evangelium spricht von Magiern, Weisen oder Sterndeutern, zu Königen wurden sie erst später in den Überlieferungen), sondern von den drei Bethen. Diese waren die weibliche Dreieinigkeit der Kelten, die da wären: Wilbeth (die Helle / Licht und Geburt / Farbe: Weiß / Attribut: Sonnen-Rad), Ambeth (die Weis(s)e / Fruchtbarkeit / Farbe: Rot / Attribut: Ur-Schlange) und Borbeth (die Dunkle / Heil und Geborgenheit / Farbe: Schwarz / Attribut: Bergfried), aus denen nach und nach im christlichen Glauben die Schutzheiligen Katharina, Margaretha und Barbara wurden.

Du erinnerst dich an die Drei-Königs-Milch? Die gab es auch schon als Perchta-Milch. Und woher, meinst du, kommt es, dass die Begrüßung am Dreikönigstag in Tirol „Holla" lautet?

Aber nochmals zu unseren Weisen oder Königen. Nach einer uralten Vorlage aus Griechenland sollen die drei als Jüngling, als „gestandener" Mann und als Greis aufgetreten sein. Der Erste war demnach Melchior als Greis mit weißem Bart. Diesem folgte der bartlose Jüngling Caspar und zuletzt kam der mit einem dunklen Vollbart geschmückte Balthasar. Dass ein Farbiger bei ihnen war, wird hier nicht erwähnt. Siehst du hier die Verlinkung zu den Bethen?"

„Ich finde das alles ziemlich verwirrend – aber auch überaus interessant. Ich hätte nie gedacht, dass mich einmal Brauchtum interessieren würde. Ehrlich, das war wie mit dem Trachtenverein. In meinen Augen waren das bisher immer nur alte, grummelige Leute, die mit aller Macht versuchen, etwas am Leben zu halten, was schon längst am Verschimmeln ist und mit einem Bein im Grab steht. Dabei ist das alles viel interessanter als die langweiligen und immer gleichen Geschichten im Fernsehen."

Ruth schmunzelte nach dieser lebhaften Beschreibung. „Ich wollte dir noch mal was von Frau Holle erzählen, deren Name unter anderem auch Hel war. Die Bedeutung dieses Namens ist ‚verbergen'. Und zwar nicht im Sinn von verstecken, sondern von beschützen. Bis ungefähr ins 10. Jahrhundert soll Hella der Begriff für die Unterwelt gewesen sein. Dieser Ort, der bis dahin geschützt und geborgen hatte, wurde durch die Kirche zur Hölle als Ort der Qualen umfunktioniert."

Januar

„Wohin gehen wir heute?", fragte Lucienne ganz interessiert.

„Heute nirgendwohin. Ich will dir nur noch ein paar Kleinigkeiten über den Januar erzählen, für die es sich nicht wirklich lohnt, jeweils eine ganze Nacht herumzustreifen."

„Na, dann schieß mal los. Solange es interessant ist …" Lucienne setzte sich im Schneidersitz aufs Bett, so, dass ihre Freundin auch noch Platz hatte.

„Schießen ist ein gutes Stichwort. Im südöstlichsten Zipfel Deutschlands, in den Bayerischen Alpen, liegt das Berchtesgadener Land. Dort ist es Brauch, dass die Weihnachtsschützen das neue Jahr ‚anschießen'. Das heißt, sie begrüßen mit Böller- und Kanonenschüssen das neue Jahr genau um Mitternacht zur Jahreswende. Stell dir vor, die Schützen stehen an einem Berghang und schießen eine Salve nach der anderen. Vom gegenüberliegenden Berg hörst du das Echo. Auch hier wird gemunkelt, dass der Brauch des Schießens auf vorchristlichen Aberglauben zurückgeht. Deshalb war er auch längere Zeit verboten. Doch diese Tradition ließ sich nicht ausrotten und besteht bis heute weiter. Inzwischen wird sie sogar gefördert.

So, und nun zum Monatsnamen. Hier sollst du wissen, dass der Januar in Deutschland früher Hartung oder Schneemond genannt wurde. Der Name Januar kommt von dem doppelgesichtigen Gott Janus, dem römischen Gott des Ein- und Ausganges. Es ist der Monat des Schlafes und der Gemütlichkeit.

Der Sonntag nach dem 6. Januar war früher ein arbeitsfreier Tag. Es war sogar verboten, zu arbeiten. Städtische Bedienstete wie Stadträte oder Bürgermeister traten ihre Ämter an.

Und dann gibt es da noch den Brauch mit den Weidenpfeifchen. Diese werden am 20. Januar, dem Gedenktag des Hl. Sebastian, geschnitzt. Eine alte Bauernregel sagt: An Sankt Sebastian fängt der rechte Winter an. In vielen Gegenden wird ab dem Tag kein Holz mehr geschlagen, da ab dem Zeitpunkt der Saft in den Bäumen wieder zu fließen beginnt. Auch Brennholz soll nicht mehr geschlagen werden.

Am 25. Januar soll angeblich Saulus zu Paulus bekehrt worden sein. Nach Überlieferungen ist an dem Tag der halbe Winter vorbei und meistens auch die Hälfte der Vorräte verbraucht. Deshalb heißt dieser Tag im Volksmund auch Halbwintertag. An dem Tag wurde überprüft, ob in der ersten Hälfte des Winters gut mit den Vorräten gewirtschaftet worden war. Wenn nicht, mussten sich Knecht und Magd unter Umständen zu Mariä Lichtmess eine neue Stellung suchen. Früher war der 25. Januar ein halber Feiertag.

Zwischen dem Stephanitag am 26. Dezember und dem Faschingsdienstag, also auch meist irgendwann im Januar, trifft man in manchen Gegenden der Alpen immer noch das „Aperschnalzen". Mit dem Lärm der Goaßln – das sind Seilpeitschen – wollte man früher Winter und Kälte vertreiben und Frühling und Sonne wecken. Der Name Aperschnalzen kommt von dem althochdeutschen Wort apir, was so viel wie offen oder schneefrei heißt.

Außerdem finden auch heute noch im Januar Holzschlittenrennen statt. So zum Beispiel das Schnablerrennen in Gaißach, das ist im Tölzer Land. In Garmisch Partenkirchen und auch in anderen Orten finden noch andere Hornschlittenrennen statt. In früherer Zeit wurden in den Bergen mit solchen Hornschlitten Holz, Heu oder auch andere Dinge von höher gelegenen Orten ins Tal gebracht. Das war und ist gar nicht so einfach, da man weder über Steuer noch eine Bremse verfügt.

Was auch noch im Januar passierte, war das Abstechen von Eis von den zugefrorenen Weihern und Seen. Das wurde dann in die Keller der Bierbrauer und Gastwirte geschafft, um auch im Sommer noch kühles Bier zu haben."

„Damit es allen dann im Sommer im Biergarten so richtig schmeckt!" Lucienne träumte schon von einem schönen Biergarten mit grünen Kastanien. Sie trank natürlich kein Bier, mochte aber die besondere Atmosphäre dort sehr gerne.

„Ja, aber da wird dir wohl noch einige Zeit der Schnabel trocken bleiben, wie man so schön sagt", lachte Ruth.

„Ich bin sowieso noch zu jung für Alkohol. Aber im Biergarten sitze ich trotzdem gerne!"

„Na, das ist ja auch in Ordnung. Das war eigentlich schon das Wichtigste. Wir sehen uns ja sowieso in ein paar Tagen wieder.

Oh – eines habe ich doch glatt vergessen. Den Antoniustag am 17. Januar. An dem Tag hat man in verschiedenen Orten die Antoniusschweine frei laufen lassen, die jedermann füttern musste. Und in manchen Gegenden wurden die Armen verköstigt mit Schweinebraten."

„Mensch, du hast es aber eilig", meinte Lucienne, als sich die Freundin schon wieder erhob. „Ja, dann wünsche ich dir eine gute Nacht und komm bald wieder."

02. Februar:
Imbolc/Lichtmess

Vor vielen Jahrhunderten lebte ein kleiner Junge mit Namen Gregor auf einem kleinen Hof in Irland. Sein Vater bewirtschaftete das Land mit Getreide und Gemüse. Ferner hatte die Familie zwei Milchkühe, acht Hühner, einen Hahn, fünf Gänse und einen kleinen Wachhund.

Gregors Eltern hingen noch dem alten Glauben an. Sie waren das, was die neuen Christen als „Heiden" bezeichneten. Sie glaubten an die große Göttin. Deswegen feierten sie am 2. Februar das Imbolc-Fest, das der Göttin, aber auch der Rückkehr des Lichts gewidmet war. Denn ab diesem Tag wurden die Tage schon spürbar länger und auch wärmer.

Es war auch ein Tag der Reinigung. Die Frau des Hauses putzte alles an diesem Tag und ließ auch frische Luft durch alle Fenster und andere Öffnungen ziehen. Wie an Silvester wurden alte Pläne, die nichts taugten, fallen gelassen und dafür neue gemacht.

Gregor durfte im ganzen Haus und auch im Stall Kerzen aufstellen, die seine Mutter dann feierlich entzündete. Dieses Licht sollte den kommenden Frühling verkünden.

„Sieh einmal, Gregor, wir fordern mit diesem Licht unsere Göttin auf, die Unterwelt zu verlassen. Dann wird es Frühling und auf unseren Feldern wird wieder etwas wachsen und unsere Tiere finden alleine draußen wieder genug Futter."

Imbolc kommt von Oimelc, was „die Milch des Mutterschafes" bedeutet. Bridgit oder Bride, die wichtigste Heilige von Irland, war die Patronin von Imbolc, Barden, gesunden Babys und Frauen. Frauen nahmen ein Bündel Hafer, zogen ihm Kleider an und ließen ihm weibliche Formen angedeihen. Dies wurde dann neben den Feuerplatz gehängt.

Auch Gregors Mutter machte alles so, wie es immer schon der Brauch gewesen war. Am nächsten Morgen würde man nachsehen, ob man die Fußabdrücke Bridgits in der Asche des Feuers finden würde.

Auch heute lebt ein kleiner Junge namens Gregor auf einem Bauernhof in Bayern. Sein Vater hat viel Land und eine große Schweinezucht. Die Mutter arbeitet teils auf dem Hof und ein paar Stunden am Tag als Sekretärin bei einem Bauunternehmer. Sie feiern am 2. Februar das Fest „Maria Lichtmess". Dies hat seinen Ursprung in einem jüdischen Gesetz, das vorschreibt, dass Mütter nach der Geburt am 40. Tag mit dem Neugeborenen zum ersten Mal im Tempel erscheinen sollten. An diesem Tag war die Unreinheit der Frauen vorbei.

Gregors Mutter erklärt ihrem Teenager-Sohn: „Der alte Simeon soll beim Anblick von Maria und Jesus ausgerufen haben: ‚Ein Licht, zu erleuchten die Heiden!' Deswegen steht das Fest unter dem Zeichen des Lichtes. In der Kirche wird heute der Pfarrer alle Kerzen weihen, die er im kommenden Jahr für den Gottesdienst brauchen wird. Wir lassen heute auch unsere wichtigsten Kerzen weihen."

Ihr Sohn blickt in den bereitgestellten Korb. „Ja, meine Taufkerze – und das ist die Kommunionkerze. Sind das schon die Adventskerzen für nächstes Weihnachten? Und was ist mit dieser schwarzen Kerze, die ein Bild von der Maria drauf hat?"

Die Mutter lächelt Gregor an. „Ja, das mit den Adventskerzen stimmt wohl. Und die schwarze ist eine Wetterkerze. Sie soll unseren Hof vor Gewittern und Blitzschlag schützen. Das ist ein alter Brauch, der inzwischen nicht mehr sehr bekannt ist. Jede Farbe hat eine Zuordnung. Rotes, geweihtes Wachs zum Beispiel soll Wöchnerinnen vor Hexen schützen. Für alles Wichtige in unserem Leben gibt es eine bestimmte Kerze. Für Geburt, Heirat, Tod – einfach alles.

Früher legten die Knechte auf einem großen Hof an Lichtmess ein Wachsstöckel unter das Kopfkissen der Magd, die das ganze Jahr über ihre Betten gemacht hatte. In manchen Gegenden setzten sich alle Bewohner eines Hofes zusammen und zündeten so viele Lichter an, wie betende Leute anwesend waren. Flackerte das Licht eines Anwesenden, so bedeutete dies nichts Gutes; erlosch es, so war dies ein Todesbote. Es standen sogar Lichter auf dem Schemel für die Verstorbenen. Und es wurde gebetet, bis die letzte Kerze heruntergebrannt war."

Gregor macht große Augen. „Papa hat mir heute erzählt, dass am 2. Februar immer Pacht, Zins und Lohn fürs ganze Jahr gezahlt wurden", bringt er stolz an. „Ja, das stimmt. Und an diesem Tag konnte man sich auch nach einer neuen Arbeit fürs nächste Jahr umschauen. Da kamen dann erst mal die „Schlankltage", in denen man zum Beispiel die Eltern daheim besuchen konnte. Erst am Aschermittwoch begann das Arbeitsleben wieder."

„Und morgen müssen wir schon wieder in die Kirch, gell? Da gibt's dann den Blasiussegen gegen Halskrankheiten. Da hält der Pfarrer vor jedem gekreuzte Kerzen. Letztes Jahr hat er damit ein paar Haare von der Nachbarin versengt. Das hat g'stunken. Igitt!"

Mutter lacht. „Das stimmt. Die halbe Kirche hat nach verbrannten Haaren gerochen. Aber früher gab's nicht nur den Blasiussegen. Da waren auch das Blasiusbrot, das Mensch und Tier vor Krankheit schützen sollte, das Blasiwasser und der Blasiuswein als heilkräftig verschrien."

Die Kirchenglocken läuten. Die Mutter zieht ihren Mantel an und nimmt den Korb mit den Kerzen zur Hand. „Jetzt komm, ich will nicht die Letzte sein, die beim Gottesdienst erscheint, Gregor."

Grummelnd stapft Gregor hinter ihr her in die Finsternis. „Bloß gut, dass heute Samstag ist und mir Papa versprochen hat, nach dem Kirchgang morgen nur für mich da zu sein, sonst würd's mir schon stinken, das mit den alten Bräuchen ..."

Ruth erzählte Lucienne auf dem Rückweg „Zum heutigen Tag gibt es noch einen alten Spruch, weil das Tageslicht langsam wieder länger wird:

Auf Weihnacht um an Hahnatritt
Auf Neujahr um an Mannerschritt
Auf Drei König um an Hirschensprung
Auf Lichtmess um a ganze Stund."

KARNEVAL – FASCHING

„Hallo Ruth, wo bleibst du nur so lange? Ich habe schon Wochen auf dich gewartet." Lucienne war fast ein wenig beleidigt, weil Ruth sie, wie Lucienne glaubte, nicht mehr mochte.

„Tut mir echt leid. Ich hatte wirklich keine Zeit zu kommen. Aber dafür will ich dir heute ein wenig von der lustigen Jahreszeit erzählen. Vielleicht können wir auch noch einen Weg im Tal der Träume beschreiten. Mal sehen."

„Wie: lustige Jahreszeit? Meinst du den Fasching? Gehen wir auf einen Ball? Ich war erst auf einem Ball mit meinen Eltern. Vor zwei Wochen, weißt du? War richtig schön, die ganzen Masken zu sehen."

„Ja, manche Leute verkleiden sich richtig toll. Sie sind völlig andere Wesen unter ihren Masken ... Als Erstes, woher könnte das Wort Karneval kommen? Hast du eine Idee?"

„Keine Ahnung. Hier in Bayern haben wir sowieso nur den Fasching. Aber das ist wohl irgendwie dasselbe."

„Es gibt mehrere Erklärungen, die nachvollziehbar sind. Zum Beispiel, dass Karneval aus dem Lateinischen carne vale kommt. Das heißt Fleisch, lebe wohl. Und das Wort Fastnacht bedeutet die Nacht vor dem Fasten. Die närrische Zeit ist also immer vor der Fastenzeit.

Im Gegensatz zu Düsseldorf oder Köln, die schon am 11.11. um 11:11 Uhr beginnen, Karneval zu feiern, beginnt in Bayern der Fasching eigentlich erst am 06.01., also am Dreikönigstag."

„Wir Bayern sind doch immer anders. Bei den Sommerferien sind wir die Letzten und der Fasching beginnt auch erst später. Nur bei den Weihnachtsgeschenken sind wir früher dran als die Amerikaner, Engländer und Iren und wer sonst noch Santa Claus dafür verantwortlich macht."

Ruth musste lachen über das griesgrämige Gesicht ihrer Freundin. „Da hast du wohl nicht ganz Unrecht. Aber die Bayern verstehen zu feiern.

Allerdings hat das mit dem 11.11. auch einen Sinn. Und zwar soll schon im 4. Jahrhundert der Geburt Christi eine 40-tägige Fastenzeit vorangegangen sein. Und da wurden bis zu dem Tag also auch die ganzen Fleischvorräte verzehrt. Danach begann diese andere Fastenzeit, die allerdings schon lange nicht mehr eingehalten wird.

Woher die Bräuche rund um Fasching bzw. Karneval kommen, da sind sich sogar die Fachleute uneinig. Alle Quellen weisen eine Gemeinsamkeit auf: Es ist die Zeit der Umkehrung und Gegensätze, in der die Tatsachen des Lebens auf den Kopf gestellt werden,

Die wichtigsten Tage im Karneval sind der Sonntag, der Rosenmontag und der Dienstag, also die drei letzten Tage vor dem Beginn der Fastenzeit. Aber nun weiter im Text. Welche anderen Bezeichnungen weißt du für Maske?"

Lucienne musste nachdenken. „Hmm, Larve ... und ich glaube, Opa sagte mal Mummenschanz zu einer Maskerade. Also wohl Mumme."

„Das war jetzt echt Spitzenklasse. In der Schule würde ich dir jetzt eine Eins geben. Mummenschanz war übrigens ursprünglich ein Würfelspiel – gespielt von Vermummten in der Fastnachtszeit. Schanz ist eine Ableitung von Chance.

In früheren Zeiten – besonders in Venedig – wurden mithilfe von Masken viele Liebeleien angefangen. Man musste niemandem Rechenschaft ablegen, denn man kannte sich ja nicht.

Die Maske wurde verwendet, um das zu machen, was man das ganze Jahr über nicht machen konnte und durfte: ungehindert mit jedem das Bett teilen, ausgelassen tanzen und unerkannt bleiben."

„Pfui Teufel. Die trieben es aber ganz schön bunt. Aber ich glaube, heute ist das nicht viel anders. Auch wenn man die Maskerade nur als Vorwand benutzt."

„Wohl wahr. An den drei Fastnachtstagen: Faschingssonntag, Rosenmontag und Karnevalsdienstag ruhte meist in allen Bereichen die Arbeit. Nur das Allernötigste wurde erledigt.

Ach ja, und das Wort Rosenmontag kommt aus dem Kölnischen. Rosen bedeutet soviel wie toben. Und der Dienstag ist die eigentliche Fastnacht. Danach folgt der Aschermittwoch mit der Fastenzeit."

„Am Aschermittwoch ist alles vorbei ...," begann Lucienne zu singen. Ruth grinste. „Am Aschermittwoch bekommen die Gläubigen ein Aschekreuz auf die Stirn. Diese Asche wird seit dem 12. Jahrhundert immer aus den Palmzweigen des Vorjahres erzeugt."

„Ja, und der Pfarrer sagt dazu: Bedenke, Mensch, dass du Staub bist und wieder zum Staub zurückkehren wirst." Lucienne strahlte. „Das haben wir in Religion gelernt."

„Prima. Dann können wir uns noch den anderen Tagen widmen. Der Rosenmontag ist übrigens immer 48 Tage vor Ostern und fällt zwischen den 2. Februar und den 8. März."

„He, du hast was vergessen! Was ist mit dem Weiberfasching?"

„Ja, das ist der Donnerstag vor dem Faschingswochenende. Da übernehmen die Frauen bis zum Rosenmontag die Regentschaft. Sie ‚rächen' sich an den Männern, indem sie zum Beispiel Krawatten abschneiden. Und vielerorts sind Faschingsfeiern oder gar Bälle, an denen keine Männer zugelassen sind."

„Ja, das hat Mami mal erzählt. Die einzigen Männer bei uns im Ort, die zu solchen Gelegenheiten akzeptiert sind, sind der Wirt, der Pfarrer und die Musiker. Die Mädels vom Frauenbund laden nämlich immer den Pfarrer ein. Der darf wohl nicht auf andere Bälle …"

„Willst du noch einen Weg gehen?"

Lucienne blickte nachdenklich. „Nein danke. Ich habe für heute genug erfahren. Schließlich möchte ich mir das ja auch alles merken können. Wenn, dann würde ich nur gerne Venedig besuchen mit den tollen Masken. Aber das ist ja wohl nicht unser Ziel."

„Nein, das ist es heute nicht. Also dann, gute Nacht!" Ruth verließ den Traum von Lucienne wieder so still, wie sie gekommen war.

14. FEBRUAR: VALENTINSTAG

Nur wenige Tage vergingen. Dann kam Ruth erneut zu Lucienne.
„Weißt du, welcher Tag morgen ist?"
„Na klar, morgen ist Valentinstag! Papa hat auch schon Blumen für Mama besorgt. Ich muss sie morgen nur rechtzeitig auf den Frühstückstisch stellen, zusammen mit der Karte, die er mir gegeben hat. Du weißt ja, er arbeitet Schicht und ist in der Früh nicht zu Hause."
„Hast du Lust, mit mir einen Weg zu gehen, der uns weit in die Zeit zurückbringt?" Lucienne nickte nur und beide gingen den Weg, der sich im Tal der Träume plötzlich vor ihnen auftat.

Konstantia hatte schon gestern ihre Schafherde in die Hand eines Freundes gegeben. Romanus war doch tatsächlich mit einem kleinen Blumenstrauß der frühesten Blüten im Jahr zu ihr gekommen. „Ich wünsche dir einen wunderschönen Tag und hoffe, du genießt es, heute Zeit für die Vorbereitungen zur Feier zu haben." Und wie herzlich sie sich bedankt hatte. Geradezu um den Hals gefallen war sie dem Jugendfreund.
Nun hatte sie sich am Brunnen gewaschen und ihr bestes Sonntagskleid angezogen. Zu Ehren der Ehegöttin Juno wollte sie besonders fein gekleidet sein. Schließlich war heute deren großer Tag und außerdem sollte Konstantia verheiratet werden.
Sie fackelte nicht lange und trug ihre Blumen ein Stück weit den Weg entlang zu Junos Altar. Dort lagen schon viele Blüten, die andere vor ihr niedergelegt hatten.
Ihr Vater war Schafhirte und besaß sogar eigene Tiere. Eigentlich hatten sie ein ganz gutes Auskommen. Nur die Steuern, die die Landesherren ihnen auferlegten, drückten alle nieder. „Dabei sind die Besatzer weit weg im fernen Rom", dachte Konstantia. Aber diese Gedanken schob sie alle schnell beiseite. „Schließlich werde ich heute noch heiraten."

Sie träumte vor sich hin, bis die Stimme ihrer Mutter sich in ihre Gedanken schlich. „Mädchen, du wirst noch zu spät zu deiner eigenen Hochzeit kommen, wenn du dich nicht sputest."

Als sie ihr Brautkleid anhatte und die Haare gerichtet waren, sah Konstantia beinahe fürstlich aus. „Du bist wunderschön", flüsterte ihr Mann nach der Trauungszeremonie.

„Warum gehen wir denn jetzt schon?" Lucienne eilte hinter Ruth drein. „Ich wollte dir eigentlich nur zeigen, dass schon früher, in der Römerzeit, dieses Fest als Fest der Familie gefeiert wurde, und jetzt kommt sowieso nur eine langweilige Feier, bei der gegessen und getrunken wird."

„Welcher Heiliger ist dieser Valentin eigentlich und wann hat er gelebt?"

„Er wurde unter Kaiser Claudius Gothicus im Jahre 269 enthauptet und in Rom bestattet. Seit dem 14. Jahrhundert werden an seinem Tag kleine Karten mit Spitzenrand, Herzchen und Rosen verschickt. Ein wahres Fest der Liebe und Jugend.

Erst nach dem 2. Weltkrieg, nachdem der Brauch nach Amerika und wieder zurückkam, witterten auch die Floristen gute Einnahmen und bauschen diesen Brauch seitdem ins Unendliche auf.

Ach ja, wichtig ist noch, dass vielerorts nach diesem wichtigen Termin kein Holz mehr geschlagen wird, da die Bäume nun wieder Saft ziehen. Es kommt der Frühling."

„Das hatten wir doch schon an einem anderen Tag?"

„Ja, ich weiß. Es kommt wohl auch darauf an, wo man sich befindet – und wie weit die Natur im jeweiligen Jahr schon ist.

FEBRUAR

„Jetzt ist der Februar auch schon wieder vorbei. Ich hab dir da noch etwas zu erzählen zu dem Monat." Ruth sprach ganz geschäftsmäßig.

„Weiß schon. Lohnt sich nicht für eine ganze Nacht. Na, dann mal los." Lucienne lud ihre Freundin mit einer Handbewegung ein, sich zu setzen.

„Na ja, es ist eigentlich schon so einiges. Aber so viele verschiedene Sachen, dass es nichts nützt, wenn wir nur einen Weg gehen würden.

Alte deutsche Namen für den Monat Februar sind Hornung, Taumond, Narrenmond. Es ist auch der Monat der Inspiration und Intuition.

Am ersten Februar ist nach dem heidnischen Kalender Frühlingsanfang. Hast du das gewusst?" Ohne eine Antwort abzuwarten, erzählte Ruth gleich weiter.

„Am 2. Februar ist Lichtmess, auch Imbolc oder Mondfest genannt. Der Name Lichtmess kommt von dem Brauch aus dem 7. Jahrhundert, an dem Tag Kerzen in der Kirche zu weihen. Spätestens an dem Tag werden Krippe und Christbaum abgeräumt. Früher war Wandertag der Dienstboten und Handwerksgesellen und Zahltag derselben. Stellungswechsel und dazu noch eine Woche Urlaub. Stell dir das vor. Und es wurde wieder ohne Licht gearbeitet.

Für uns ist ja auch der Rosenmontag wichtig. Der ist 48 Tage vor Ostern und fällt immer zwischen den 2. Februar und den 8. März. Was darauf schließen lässt, dass der Aschermittwoch dann 46 Tage vor Ostern sein muss, zwischen dem 4. Februar und dem 10. März.

Der Termin ist der Beginn der Fastenzeit. Vom Fastengebot ausgenommen ist das Starkbier, das zuerst Mönche brauten, um die Zeit gut zu überstehen. In Bayern gibt es örtliche Starkbierfeste, bei denen die Politiker ausgespielt werden. Na ja, in Bayern wird das Bier ja von alters her nicht als Alkohol, sondern als Nahrungsmittel angesehen. Früher mag das ja die einzige Nahrung mit Nährwert gewesen sein, welche so mancher Mensch zu sich nahm."

„Stopp! Wenn der Aschermittwoch 46 Tage vor Ostern ist, dann dauert ja die Fastenzeit – genauso wie die vor Weihnachten – länger als 40 Tage! Erklär doch mal!"

„Schlaues Köpfchen. Ja, das stimmt wohl. Seit der Synode von Benevent 1091 werden nämlich die darin enthaltenen Sonntage nicht mitgerechnet. Wer aber noch nach der alten Fastenzeit lebt, für den beginnt sie nach der so genannten Bauernfastnacht sechs Tage später.

Die Fastenregeln bestimmen übrigens den Verzicht auf Fleisch, Milchprodukte, Eier und Wein. Das war in früheren Zeiten verbindlich. Wehe dem Wirt, der sich nicht daran gehalten hat! Allerdings waren alle im Wasser lebenden Wesen wie Fisch und Biber ausgenommen. Die durfte man sehr wohl verzehren.

Am Aschermittwoch gibt es übrigens den Brauch der Geldbeutelwäsche. Dies sollte man an einem Brunnen erledigen, um sich von aller irdischer Habe während der Fastenzeit loszusagen.

Und in bestimmten Regionen, zum Beispiel im Allgäu und rund um den Bodensee, heißt der Sonntag nach dem Aschermittwoch ‚Funkensonntag'. Am Abend eines solchen Sonntags werden auf den Bergen sogenannte Funkenfeuer abgebrannt.

Auf den schön aufgeschlichteten, hohen Holzstößen wird eine Strohpuppe, die Funkenhexe, befestigt. Manchmal hat sie einen explosiven Bauch, also gefüllt mit Schießpulver, dass es richtig schön rummst. Mit dem ganzen Spektakel will man die Winterdämonen vertreiben."

„Ach, und der Brauch ist natürlich auch ganz im Sinne der Kirche und gar nicht irgendwie heidnischer Art, oder?"

„Na, die heilige Funkenhexe haben wir noch nicht. Aber du weißt ja inzwischen, dass es unwahrscheinlich viele Bräuche aus den früheren Zeiten ins Christentum geschafft haben.

Der 16. Februar ist der sogenannte Schwendtag. Damals bekam das Gesinde vom Grundherrn eine besonders üppige Mahlzeit vorgesetzt.

Am 22. Februar, dem Petritag, war der Frühlingsbeginn, den die Bauern begangen. Und am Vorabend werden heute noch an der Nordsee Biikefeuer abgebrannt. Dieser Brauch kommt vermutlich von einem germanischen Brauch, den Winter zu vertreiben. Zu der Zeit fuhren früher die Walfänger los. Noch vor ein paar Jahrzehnten war dem Friesen das vorzeitige Anzünden des nachbarlichen Biikehaufens, was dem Bayern das Stehlen des fremden Maibaumes noch heute ist.

Der 24. Februar hatte bei den Römern auch etwas Besonderes an sich. Nach der Kalenderreform wurde kein 29. Februar angehängt. Stattdessen wurde der 24. Februar in den Schaltjahren zum doppelten Tag. Außerdem ist das der Tag des Apostels Matthias. Früher hat man in der Matthiasnacht nach verborgenen Schätzen gesucht oder vielleicht das Orakel befragt. Ob auch jemals Schätze gefunden wurden, kann ich dir nicht sagen.

In 400 Jahren werden 3 Schalttage ausgelassen. Das sind die sogenannten Säkularjahre, die nicht durch 400 teilbar sind. 1900, 2100, 2300, 2500. Aber da du höchstens uralt eines dieser Jahre erleben wirst, ist das für dich wahrscheinlich nicht besonders wichtig."

„Was haben die Bauern eigentlich in der Zeit gemacht? Auf den Feldern ist ja noch nichts los, oder?" Lucienne wollte mehr wissen.

Und Ruth hatte wie immer eine Antwort parat: „Gute Frage. Ja, im Gebirge zum Beispiel wurde im Januar Holz aus dem Hochwald geholt und mit Hornschlitten zum Hof gebracht. Das musste dann nach und nach in Scheite gehackt werden. Da wurde anschließend Ster für Ster Holz so geschlichtet, dass es gut trocknen konnte und möglichst nicht feucht wurde. Ster ist übrigens der Ausdruck für Raummeter, also einem Quader von 1 x 1 Meter aufgeschlichtetem Brennholz. Es wurden Ausbesserungsarbeiten am Hof und an den Werkzeugen vorgenommen.

Die Frauen besserten Kleidungsstücke aus, webten, nähten und kümmerten sich vornehmlich um alle Arbeiten im Haus.

Das war's schon wieder mit dem Februar. Natürlich wurden in dem Monat auch verschiedene Feste von römischen, griechischen oder anderen Gottheiten gefeiert. Diese interessieren aber für meinen Auftrag jetzt nicht besonders, weshalb ich dich gar nicht damit nerven will.

Ich wünsche dir also eine gute Nacht bis zum nächsten Ausflug."

21. März: Ostara

Ruth und Lucienne betraten das Tal der Träume und beschritten einen kleinen, kaum erkennbaren Weg in eine weit zurückliegende Zeit. Heute wollten sie allerdings keinem Geschehen beiwohnen, sondern nur auf einer kleinen Lichtung sitzen.

Sie wurden von Bienen umschwirrt, die ganz geschäftig nach bunten Blüten suchten und Nektar für Honig sammelten. Ein paar Meter von ihrem sonnigen Platz auf der Wiese entfernt floss ein kleiner Bach gurgelnd vorüber. Das Wasser war glasklar. Lucienne war ganz begeistert.

„Wie ruhig es hier ist." Sie sah sich um und lauschte „Nein, eigentlich ist es gar nicht wirklich ruhig. Aber hier ist kein Lärm, den man sonst fast nicht mehr wegdenken kann, das macht echt viel aus. Kein Motorengeräusch eines Autos, kein Flugzeug, keine Kreissäge, rein gar nichts außer Natur … Es ist wunderschön hier!"

Ruth blickte ihre Freundin lächelnd an. „Genau deshalb habe ich dich hergebracht. Um dich einmal die Ruhe der Natur hören und spüren zu lassen.

Heute ist der 21. März, also die Frühjahrs-Tag-und-Nachtgleiche. Du hast dich doch sicher schon oft gefragt, wie man auf die Idee gekommen ist, gerade Eier als Symbol für Ostern zu verwenden?"

Lucienne blickte überrascht auf. „Nein, eigentlich nicht. Aber wenn du es jetzt erwähnst: Stimmt, das mit dem Ei und auch mit dem Osterhasen ist schon eine eigenartige Zusammenstellung. Jetzt will ich aber wirklich wissen, was es mit dem Wolperdinger – ich meine natürlich dem Eier legenden Hasen – auf sich hat."

Ihre Freundin grinste. „Das ist schon eine komische Sache. Ursprünglich war ja das Osterfest mit dem jüdischen Passah-Fest identisch, obwohl der Termin nicht einheitlich ist. Die Ostkirche feiert zum Beispiel später als die Westkirche."

„Woher kommt der Name Ostern?"

Ruth zuckte leicht die Schulter. „So genau weiß man das nicht. Vielleicht kommt es aus dem babylonischen Glauben. Dort wurde die Göttin Astarte aus einem Ei ausgebrütet. Und da ja bereits Ägypter und Perser den Brauch hatten, Eier zu ihren Frühlingsfesten zu bemalen, sind die Ostereier also ein heidnisches Fruchtbarkeitssymbol, das sich in das Christentum gerettet hat.

Im Christentum gibt es Ostereier seit etwa dem 10. Jahrhundert. Das Verstecken der Eier kam erst im 17. Jahrhundert dazu. Ebenso der Osterhase. Im alten Ägypten gilt der Hase als Symbol der Weisheit, und auch in der Sprache hat das Wort Hase einen ähnlichen Klang wie das Wort Lebenszyklus. Frühling, Erneuerung, Zyklus ... wer weiß.

Die Fruchtbarkeitsgöttin Ostara (auch ihr Symbol war angeblich das Ei) wurde von den alten Germanen im Grünen gefeiert. Durch den Lärm und die Unruhe wurden die Hasen vertrieben sowie die bodenbrütenden Vögel wie Wachtel und Kiebitz. Natürlich blieben die Eier zurück. Und die wurden den fliehenden Hasen zugeschrieben.

Allerdings hat der Hase das Lamm als Symbol im Christentum erst im 17. Jahrhundert verdrängt. Vorher brachten je nach Gegend die Himmelshenne, der Osterhahn, der Storch, Kranich, Kuckuck, Auerhahn, Palmesel oder Fuchs die Ostereier."

„Ist ja jetzt für mich doch ziemlich klar, wo der Name Ostern herkommt. Meiner Meinung nach wurde der nur von der Ostara abgeleitet, um es den Leuten beim Übergang von einem Glauben zum anderen recht leicht zu machen." Lucienne hatte richtig Spaß an den Belehrungen von Ruth. Es war doch immer wieder etwas Neues unter den schon bekannten Tatsachen.

„Damit magst du vielleicht nicht einmal so verkehrt liegen. Wer weiß? Ach ja, und neben Martini war Ostern früher natürlich auch ein wichtiger Termin. Und zwar der zweite Zahltermin des Jahres. Vielleicht war das ja auch schon zu Zeiten der alten Göttin so?"

März

„Schon ein Vierteljahr vorüber. Ich hab absichtlich nicht nachgesehen, wie der März früher hieß. Bin aber schon ganz gespannt!" Lucienne freute sich wie immer auf das Treffen mit ihrer Freundin.

„Lenzing, Lenzmond oder Ackermonat wurde der genannt, weil nun die Feldarbeit begann. Auch als Monat der Auferstehung und der Erweckung der Sinne beschrieben. Die Angelsachsen nannten ihn den lauten oder stürmischen Monat.

Der vorjulianische römische Kalender begann mit dem 1. März (in Rom der Beginn der Sommerzeit). Namensgeber des Monats war der Kriegsgott Mars, weil am 1. März im römischen Reich Truppenschauen abgehalten wurden. Und zwar am campus Martius, dem Mars- oder Märzfeld. Nördlich der Alpen war dieses Ereignis nicht am 1. März, sondern am 1. Mai.

Man war früher der Ansicht, dass Menschen, die am 7. März geboren waren, gute Ehegatten abgaben. Ich kann aber nicht beschwören, dass das auch stimmt.

Der 11. März war der Frühlingsanfang, bevor der gregorianische Kalender 1582 von Papst Gregor XIII. eingeführt worden war.

Am 12. März schloss in früheren Tagen das Wintersemester. Es gab festliche Umzüge, Singen und Schülerspiele. Alles natürlich kostümiert. Auch das Gregorisingen, nach dem Tag des Heiligen genannt, wurde abgehalten. Dies war ein Bettelsingen der Lehrer mit den Schülern.

Außerdem fällt der Palmsonntag oft in den März (zwischen dem 15. März und dem 18. April). Früher wurde auf den Umzügen ein hölzerner Esel auf Rädern durch die Straßen gezogen. Die Palmsonntagsumzüge, die an Jesu Einzug in Jerusalem erinnern sollten, kannte man schon im Mittelalter. Bei uns werden anstelle von Palmwedeln Weidenkätzchen verwendet.

Palmsträußchen aus Erika, Hex, Buchsbaum, Haselnuss, Weidenkätzchen oder anderem Gesträuch werden in der Kirche geweiht. Angeblich schützen sie vor Blitz und Unwetter. Wer als Letzter aufsteht am Palmsonntag, wird Palmesel genannt."

„Das weiß ich", unterbrach Lucienne. „Den Namen hatte ich doch auch schon mal."

Ruth lachte. „Da bist du nicht die Erste – und sicherlich auch nicht die Letzte.

In der Osterwoche durften in früherer Zeit keine knechtlichen Arbeiten verrichtet werden. Außerdem fanden keine Gerichtsverhandlungen statt. Schulden durften nicht eingetrieben werden und Gefangene wurden manchmal sogar begnadigt oder gar ganz freigelassen.

Am Gründonnerstag gab es Fußwaschungen und es wurden meist grüne Speisen gegessen wie Spinat, Salat, Petersilie, Lauch, Schnittlauch, Sauerampfer und Löwenzahn in der Siebenkräutersuppe. Der Name Gründonnerstag kommt allerdings von dem alten deutschen Wort greinen, was weinen bedeutet.

Am Karsamstag war es in Griechenland üblich, Lorbeerblätter auf den Boden der Kirche zu streuen.

Ein weiterer Brauch ist das Atlass-Kränzlein, das mit Frühlingsgrün in der Wohnung aufgehängt wurde.

Ab dem Gründonnerstag nach dem Gloria bis zur Osternacht schweigen Glocken und Orgel. Im Volksmund fliegen die Glocken nach Rom. Stattdessen hörte man Holzratschen und Klappern.

Weißt du, seit wann es bei uns Brauch ist, Ostereier zu färben?"

Lucienne blickte nachdenklich. „Na, vielleicht 200 Jahre? Ich habe keine Ahnung."

„Gar nicht so schlecht. Etwa seit 300 Jahren färbt man die Ostereier hier bei uns. Ursprünglich, um die geweihten von den ungeweihten Eiern zu unterscheiden.

Aber da das Verzieren der Eier den Menschen Spaß gemacht hatte, wurde das wohl bald nicht mehr so eng gesehen. Das Färben geschah übrigens mit Safran, Rötelfarbe, Zwiebelschalen oder Moos. Eine Speckschwarte gab den Eiern dann den nötigen Glanz.

Gefärbte Eier gab es vorher im Osten Europas und Asien. Dort etablierte sich schon die rote Farbe für Ostereier.Es gab ja auch hier den Brauch, dass junge Männer bei ihrer Auserwählten fensterln gingen und dafür dann – wenn die Damen mit der Wahl zufrieden waren – rote Eier erhielten.

Unter den Liebenden wurden auch Eier ausgetauscht mit Sprüchen darauf. Wie zum Beispiel:

Zum Dank der Lieb'
und ewigen Treu
verehr' ich dir
das Osterei

Natürlich gehören in vielen Regionen auch geschmückte Brunnen zum Osterfest. Die Osterbrunnen werden mit viel Grün, Eiern und bunten Bändern verziert.

Der 19. März ist der Josephitag, und der war früher in Bayern ein richtiger Feiertag, der erst 1968 abgeschafft wurde. Na ja, schulfrei ist halt jetzt nicht mehr, aber die erwachsenen Josefs können heute noch von ihrem Namen profitieren. In verschiedenen Brauereigaststätten gibt es an diesem Tag für sie immer noch Freibier. Eine alte Bauernregel sagt: Ist's am Josephstage schön, wird ein gutes Jahr man seh'n.

Der 21. März (das genaue Datum hängt mit dem Mond zusammen, variiert also immer ein wenig) ist die Frühjahrs-Tag-und-Nachtgleiche, Sonnenfest oder Ostara genannt. Der heidnische Sonnengott ist nun ein junger Mann, für den ein großes Fest gefeiert wird.

Der Karfreitag (zwischen 20. März und 23. April) ist wieder ein arbeitsloser Tag. Bienenkörbe wurden nicht umgestellt und die Leute waren zum strengen Fasten aufgerufen. Auch heute gibt es in Bayern meist nur Fischgerichte an diesem Tag.

Da Jesus Durst litt, wurde mancherorts nichts getrunken. Nägel und Hammer waren tabu, weil es die Marterwerkzeuge Jesu waren.

Wünschelruten wurden geschnitten, und man soll schöne Haut bekommen, wenn man an dem Tag in einem fließenden Waldbach badet.

Kinder machten ein „Hasengärtchen", um es draußen aufzustellen. Dort soll dann am Ostermorgen der Hase seine Eier legen.

Am 29. März beginnt das „Lerchengucken". Man hielt Ausschau nach den ersten Lerchen. Demjenigen, der die erste Lerche sah, soll das ganze Jahr über Glück beschieden gewesen sein.

Noch etwas zur Landwirtschaft. Der März ist der Monat, in dem Schäden an Haus, Stall, Scheune oder Zäunen ausgebessert wurden. Das musste jetzt noch alles erledigt werden, bevor die Feldarbeit begann.

So, das war diesmal ein wenig mehr. Schlaf gut, Lucienne." Nur Augenblicke später war Ruth wieder verschwunden und Lucienne fiel in einen traumlosen Schlaf zurück.

PALMSONNTAG

Richard war von seinem Vater ausgewählt worden, mit ihm die Palmbuschen zu machen, weil sein Bruder noch nicht alt genug war für diese Arbeit. Sie hatten alles gesammelt, was sie dazu benötigten. Natürlich schaute man in einem großen Bauerngarten wie ihrem darauf, dass alle Pflanzen vorrätig waren. Der Vater war extra auf die Leiter geklettert, um die schönsten Zweige mit Weidenkätzchen vom Baum zu holen. In ihrer Familie wurde ein Palmbuschen nach einer jahrhundertealten Tradition aus immer den gleichen Naturmaterialien gefertigt: Palmkätzchen oder auch Weidenkätzchen genannt (von der Salweide), Buchsbaum, Wacholder (Kranawitterstrauch), Stechpalme, Eibe, Zeder und Sadebaum bzw. Segenbaum (Kriechwacholder).

Dazu kamen dann noch die sogenannten Gschabertbandl, die gerade in ihrer Heimatregion, dem Berchtesgadener Land, sehr wichtig waren. Das waren bunt gefärbte Hobelspäne, die wie eine Zieharmonika gefaltet wurden. Das musste man üben, denn so einfach war das nicht. Schließlich konnte das Holz schnell brechen.

Der alte Bauer, Richards Großvater, hatte die Gschabertbandl noch selber gehobelt in seiner kleinen Werkstatt. Seine Frau hatte sie dann gebügelt und gefärbt. Na, das hatten Richards Eltern nicht übernommen. Denn inzwischen war es praktischer, die gefärbten Bandl zu kaufen. Sie hatten auch leuchtendere Farben, wie Mutter immer behauptete. Natürlich war sie einfach nur froh, diese Arbeit nicht auch noch verrichten zu müssen.

„Na, Richard, wie viele Palmbuschen brauchen wir denn?", fragte der Vater den fünfjährigen Sohn, der schon ganz gut bis 15 zählen konnte. Der Knirps legte die Stirn in Falten und zählte. „Sechs Stück?", sagte er zögernd. Es war eher eine Frage, als eine genaue Aussage. Der Vater klopfte ihm stolz auf die Schulter. „Ganz richtig, Bub. Wir brauchen sechs Stück. Für jede unserer vier Wiesen einen, um den Frühling willkommen zu heißen und die bösen Geister zu vertreiben. Und dann noch für die Taufpaten von dir und deinem Bruder. So will es der Brauch."

„Vergesst mir den Buschen für den Herrgottswinkel nicht. Und die Oma will auch einen für ihr Austragshäusl, meine Lieben."

Der Vater schaute gespielt gequält in Richtung Küche, woher die Stimme seiner Frau gekommen war, und verbesserte sich. „Wir brauchen vier lange Buschen, Richard. Und dann machen wir noch vier kleine, kurze für die Goden (Paten) und unsere Weiberleut, damit wir auch in Zukunft was zu lachen haben." „Ha ha ha", tönte es trocken aus der Küche. Dann tauchte die Mutter mit den Gschabertbandln auf. Sie hatte schon ein paar von ihnen gefaltet. Da in jedem Buschen fünf rote Bänder sein sollen – so viele, wie Christus Wundmale hatte –, würde sie da noch eine Weile beschäftigt sein. Außerdem hatte sie die vier langen und geraden Haselnussstecken dabei, die sie für die langen Wiesenbuschen brauchen. Und noch einen weiteren, kürzeren. „Der ist fürs Familiengrab. Ich will mich nicht ausrichten lassen." Vater stöhnte und Richard kicherte. Er erinnerte sich, dass so eine ähnliche Bemerkung auch schon im letzten Jahr gekommen war.

Mutter legte ihre Lieblings-CD in die Stereoanlage und sang lauthals mit. Sie hatte eine schöne Stimme. Richard war immer sehr stolz auf sie, wenn sie in der Kirche solo sang. Und die anderen Kinder waren teilweise neidisch, weil sie keine so tolle Mutter hatten. Sie war auch fast immer gut aufgelegt und machte jeden Scherz mit, wenn er nicht zu derb war. Richard erinnerte sich daran, dass seine Omi ihm mal erzählt hatte, seine Mutter wäre lieber ein Junge gewesen. Sie sei als Kind immer die Schnellste gewesen, wenn es hieß, auf Bäume zu klettern.

Vater schnitzte kleine Kerben in die Rinde aller Äste. In früheren Zeiten glaubte man, dass zwischen Holz und Rinde Hexen und Druden sitzen würden. Die Kerben sollten ihnen helfen, auszufahren. Kein Mensch glaubte mehr dieses Ammenmärchen. Aber Tradition war nun mal Tradition. Und es war extrem schwer, damit zu brechen. Warum etwas ändern, was so immer gut war? Auch wenn man das eine oder andere nicht glaubte – man wusste nie, ob es nicht doch einen Sinn hatte. Dann schlitzte er die oberen Äste der Buschen und steckte Zweiglein der anderen Pflanzen hinein. Um die unterste Astgabel wurde auch noch Buchs mit den Ruten der Sal-Weide, von der auch die Palmkätzchen stammen, gewunden, weil ihm das am besten gefiel. Er steckte alles an die Haselnussäste und sah zu, dass es auch fest hielt.

Einige Stunden später war alles fertig. Vor ihnen lagen die neun geschmückten Buschen. Schön waren sie wieder geworden. Richard war richtig stolz darauf, fest mitgeholfen zu haben. Das konnte sein kleiner Bruder noch nicht. Der hatte dafür einen schönen Nachmittag mit der Omi.

Am Palmsonntag dann war Richard gegen seine sonstige Gewohnheit schon früh auf. Er wollte auf keinen Fall der Palmesel der Familie sein. Das wurde dieses Mal doch glatt der Vater. Aber der nahm die Tatsache gelassen hin. Die Buben sahen fesch aus in ihren kurzen Lederhosen. Mutter war nicht so glücklich. „Ich verstehe ja, dass Frühlingsboten in kurzen Hosen gehen sollen. Aber heute gibt's die ganz warmen Strümpfe drunter. Es ist mir noch zu kalt draußen, um euch allzu sommerlich anzuziehen."

Nach der Messe mit der Palmbuschenweihe begleitete die Familie noch die traditionelle Palmsonntagsprozession. Anschließend brachten sie einen Buschen zum Familiengrab des Vaters. Dort war er in bester Gesellschaft, da auch fast alle anderen Gräber so geschmückt waren. Nun kamen zum Mittagsläuten die Wiesen dran. Richard und sein Vater steckten die Buschen in die Erde, während sie den Englischen Gruß beteten. Das sind die Worte des Engels Gabriel, die in der Bibel bei Lukas 1,28 zu finden sind: „Sei gegrüßt, du Begnadete, der Herr ist mit dir."

Und zum etwas verspäteten Mittagessen waren sie von der Patin (Godn) von Richards Bruder eingeladen, der in der Nähe wohnte. Richards Pate kam von etwas weiter weg und würde die nächsten Tage zu Besuch dableiben. Auch die Oma vor Ort wurde noch besucht an diesem Nachmittag.

Wieder zu Hause durfte Richard seinen Palmbuschen im Esszimmer hinter das Kreuz im Herrgottswinkel stecken. „Das sieht aber nun wirklich sehr schön aus, Richard. Einen wundervollen Buschen hast du uns da gemacht." Diesen einen hatte Richard nämlich unter Anleitung seines Vaters ganz alleine gefertigt. Die Mutter war höchst zufrieden mit dem Werk ihres Kindes.

Ruth hatte auf dem Heimweg noch ein paar Erklärungen parat.
„In Österreich hat der Palmesel sogar Entsprechungen in der folgenden Woche: Was am Palmsonntag der Palmesel ist, ist am Gründonnerstag der ‚Gründonnerstagslackl‘, am Karfreitag der ‚Karfreitagtratsch‘, am Karsamstag der ‚Feuerhund‘, das ‚Stinkige Ei‘ oder die ‚Osterflade‘ am Ostersonntag und am Montag dann zuletzt das ‚Ostermontagstier‘. Danach geht dann das gewöhnliche Leben weiter.

Zum Palmsonntag gibt es noch ein paar Besonderheiten. Und zwar wurden geweihte Palmbuschen nicht nur oft auf Felder oder Weiden gesteckt, sondern man gab einige geweihte Palmkätzchen ins Futter des Viehs. Das sollte natürlich gegen Hexen helfen. Und wenn du selbst ein geweihtes Palmkätzchen am Palmsonntag schluckst, garantiert dir das angeblich ein Jahr ohne jegliche Halskrankheiten. Sogar die Bräute und Wöchnerinnen bekamen früher ein Palmkätzchen als Glücksbringer ins Bett. Und eines im Geldbeutel soll sicherstellen, dass dieser nie leer wird.“

OSTERSONNTAG

„Hallo Lucienne, schon gespannt auf die Ostereiersuche?" Ruth hatte ein wunderschön buntes Ei in einer Hand.

„Hallo Ruth, ich weiß was! Heute ist der erste Sonntag nach dem ersten Frühlingsvollmond. Da schaust du, was?"

„Stimmt genau. Das wollte ich dir heute auch erzählen. Aber, da du ja alles schon weißt, schauen wir erst mal zu."

Beide befanden sich nun auf dem Platz vor einer Kirche. Dort war ein großes Feuer angefacht worden. Nachdem er das Feuer gesegnet hatte, wurde von dem Priester die Osterkerze daran entzündet. Und an dieser wiederum alle mitgebrachten Osterkerzen der Gemeinde, die vorher geweiht worden waren.

Beim Einzug in die Kirche rief der Priester „Lumen Christi – Das Licht Christus". Der Kerzenzug schritt in die dunkle Kirche ein. Während der Osternachtsmesse läuteten zum ersten Mal wieder die Glocken. Sie waren zurück von Rom.

Heidi saß mit ihrer Mama in einer der Kirchenbänke. Zwischen ihnen befand sich ein Korb mit Speisen. Er enthielt Brot, hartgekochte Eier, Salz, Kren (Meerrettichwurzel), Geräuchertes, Osterfladen und ein Biskuit-Lamm mit dem obligatorischen Osterfähnchen (in manchen Gegenden auch noch ein Apfel). Die Oma hatte vorher extra noch die Eier leicht angeschlagen. „Schließlich muss die Weih auch in die Eier hinein können."

Der Priester weihte die mitgebrachten Speisen, bevor die Messe vorüber war. Das kleine Mädchen war zu dem Zeitpunkt schon ganz zappelig, aber auch sehr müde. „Das dauert so lange. Meinst, der Osterhas' war schon da, Mama?" „Nein Spatz, der Osterhase ist kein Nachttier. Der schläft jetzt, damit er das alles morgen Früh schafft", war die gewisperte Antwort der Mutter.

Während die Mama am Rand des Platzes wartete, wurde die kleine Heidi geschickt, Feuer vom Osterfeuer zu holen, um das am Karfreitag erloschene Feuer zu Hause in den Öfen wieder zu entfachen.

Als das Mädchen auch der bettlägerigen Nachbarin Feuer brachte, erhielt sie als Lohn dafür ein paar Eier von dieser.

Nach ein paar Stunden erholsamen Schlafes wurde Heidi aufgeweckt. „Langschläfer", neckte ihr Papa sie, „der Osterhase hat sicher nicht so lange in den Federn gelegen. Der ist bestimmt schon halb durch seine Runde." „Ja Papa, dafür hat der aber auch schon geschlafen, als ich mit Mami in der Kirche war!" Papa lachte und kitzelte das Mädchen, bis es quiekte.

Es dauerte nur wenige Minuten, bis Heidi mit dem Rest der Familie am Frühstückstisch versammelt war. Die Speisen aus dem Korb hatten den Weg auf Platten und Teller gefunden und wurden nun hungrig verspeist. Von den Antlaßeiern muss jeder etwas bekommen. Das sind die Eier vom Gründonnerstag. Sie sollen vor Leibschäden schützen für das nächste Jahr.

Heidi konnte alles gar nicht schnell genug gehen. Sie wusste, dass nach dem Frühstück gleich ins Osterkörbchen im Garten neben den Narzissen geschaut wurde. Und dann kam ein kleiner Spaziergang durch den Wald hinter dem Anwesen. Dort fand sich mit Glück auch noch so manches bunte Ei oder vielleicht sogar ein kleines Spielzeug für sie und ihre kleine Schwester.

Endlich hob Mama die Tafel auf und scheuchte auch den immer zu langsamen Papa hoch. „Komm, spann deine Töchter nicht so lange auf die Folter. Du bekommst auch später noch was zu essen." Mit den Worten zog sie ihm kurzerhand den Teller weg. „Protest zwecklos. Erheb dich und geh mit Heidi und Marie in den Garten. Oder soll ich den Besen holen und dich rauskehren?" Sie neigte sich leicht vor und gab ihm einen Schmatz auf die Wange. Papa stand auf und winkte seine Töchter zu sich. „Eure Mama ist manchmal eine richtige Kratzbürste. Da kann man doch fast nicht anders, als zu gehorchen."

Minuten später sah man die ganze Familie am herrlich geschmückten Osterbrunnen bei der Kirche vorbeispazieren. Der Osterhase war dieses Jahr ein besonders lieber Geselle gewesen.

„Also wie war das jetzt genau mit den Eiern?", fragte Lucienne interessiert. „Ja, also es begann damit, dass die Menschen Eier färbten, um die geweihten von den ungeweihten zu unterscheiden. Die ersten Eier waren wohl alle nur rot gefärbt – wie das unschuldige Blut Christi. Erst seit dem 16. Jahrhundert wurden sie mit allen Farben und Motiven bemalt.

In der christlichen Lehre gibt es einen Spruch zum Auferstehungsei: Wie der Vogel aus dem Ei gekrochen, hat Jesus Christus das Grab zerbrochen.

Die Schalen der Ostereier werden auch nicht einfach weggeschmissen. Einen Teil bekommen die Hühner – dann legen sie besser – und einen anderen Teil erhalten die Felder – damit sie tüchtig Feldfrüchte produzieren.

Hier noch etwas zum Feuer: In vielen Gegenden gibt es zwei Feuer – ein liturgisches, kleines und ein großes, weltliches, das meist auf einem Hügel über dem Dorf am Osterabend angezündet wird. Die im Vorjahr geweihten Öle werden im Osterfeuer verbrannt. Außerdem wird in der Osternacht die Osterkerze gesegnet und entzündet.

Am Ostermontag gibt es noch in manchen Regionen den Brauch der Georgsumritte. Georgstag ist zwar der 23. April, aber am Ostermontag hat man ja Zeit.

In Traunstein zum Beispiel wird der Georgiritt am Ostermontag abgehalten. Und nachdem der römische Offizier mit rotem Mantel und auf einem Schimmel reitend – von Engeln und Soldaten begleitet – wie alle anderen auch den Segen erhalten hat, gibt es auf dem Stadtplatz den Schwertertanz, der aus einem alten germanischen Brauch entstanden ist. 16 Tänzer und der rote Frühling bemühen sich, den Winter zu fangen. Sobald sie seiner habhaft werden, töten sie ihn. Der Sieger – der rote Landsknecht – wird auf einen Stern aus Schwertern gehoben. Dann ist Frühling überall."

APRIL

„Und, diesmal nachgesehen?", war die erste Frage von Ruth.

„Nein, ich konnte es mir verkneifen." Die stolze Antwort von Lucienne, der es wesentlich mehr Spaß machte, von ihrer Freundin belehrt zu werden.

„Der April ist der gute alte Ostermond oder Keimmond. Und ihm wird nachgesagt, dass er der Monat der Reinigung und Läuterung ist. Der Name selbst kommt von dem griechischen Wort für Öffnung oder Aussicht.

Der Monat beginnt bekanntlich mit dem Narrentag, dem 1. April, den es in beinahe allen europäischen Ländern gibt. Wer bei den oft derben Scherzen hereinfällt, ist je nachdem der Aprilnarr, Aprilochse, Aprilaffe oder Aprilesel. Den Ausdruck ‚Jemanden in den April schicken‘ hörte man erstmals in Bayern 1618. Das Wort ‚Aprilscherz‘ ist jedoch erst seit dem 19. Jahrhundert geläufig.

Angeblich wurde Judas an dem Tag geboren und es fand der Engelsturz statt, weshalb man glaubte, dass er Unglück bringen würde.

Vielleicht wurde der Aprilscherz sogar in Augsburg geboren. Zum 1. April 1540 beschloss nämlich der Reichstag dort, das staatliche Münzwesen zu vereinheitlichen. Der Termin wurde jedoch kurzfristig vertagt – worauf es Hohn und Spott hagelte.

Der 15. April ist der Kuckuckstag. Viele Vögel kommen vom Überwintern in wärmeren Gegenden wieder zurück. Angeblich hat man noch so viele Jahre zu leben, so oft der Kuckuck schreit. Außerdem sollte man die Münzen in der Tasche klimpern lassen, wenn der Geselle ruft, damit einem das Geld übers Jahr nicht ausgeht.

Die alten Hirten durften alle Wiesen bis zu dem Tag abhüten, da diese vom 29. September bis zum 15. April ‚frei‘ waren.

Der 23. April ist der Georgitag. Da gab es mancherorts Pferdesegnungen oder Flurumritte sowie Feldumgänge und Feldbegehungen oder Drachenspiele. Ab dem Tag mussten die Landkinder alle wieder barfuß gehen (Georgi bringt grüne Schuh).

Der Georgitag war übrigens früher der letzte Tag, an dem Bier gebraut werden durfte. Danach musste die Produktion (zumindest in München) wegen der Brandgefahr in den Sommermonaten bis zum Michaelitag (29. September) eingestellt werden. Nun wussten aber schon unsere Vorfahren, dass gerade in der heißen Jahreszeit das Bier besonders gut schmeckt. Zuerst wurde das besonders stark gehopfte und dadurch längerlebige Märzenbier gebraut. Aber das war irgendwie auch auf die Dauer nicht die Lösung. Also überlegten die Brauer, wie sie es anstellen könnten, auch im Sommer das köstliche Nass anbieten zu können. Die Idee waren Keller. Darin wurden dann große Bierfässer mit Eis aus den winterlichen Kanälen und Seen der Umgebung gekühlt. Da diese Keller jedoch wegen des Grundwasserspiegels nicht besonders tief gebaut werden konnten, musste man für Schatten von oben sorgen."

„Das waren dann die Kastanien, oder?"

„Ja, genau. Oder mancherorts auch Linden. Die Kastanien wurden wegen ihrer großen Blätter jedoch bevorzugt. Da aber so ein großer Platz über dem Keller mit nur Bäumen drauf ganz schön leer ist und die Brauer möglichst ihr Bier direkt an den Mann bringen wollten, stellten sie kurzerhand Tische und Bänke auf und verkauften ihr Produkt dort. Das wiederum passte den Wirten nicht. Also sprach König Ludwig I. ein Machtwort. Er erlaubte den Brauern, ihr Bier vor Ort auszuschenken. Allerdings durften diese keine Speisen anbieten. Wer ‚auf den Bierkeller' gehen wollte, packte sich einen Picknick-Korb voller leckerer Dinge und kaufte nur das Bier dort. Und das ist auch heute noch so."

„Aber in so einigen Biergärten darf man nichts mitbringen!"

„Die Zeiten haben sich zwar geändert, aber nicht der Brauch – zumindest in und um München. Wenn Biergarten draufsteht, muss es auch erlaubt sein, wenigstens in einem Teil des Geländes seine eigene Brotzeit mitzubringen. Andernfalls darf sich das Ganze nur Freiausschank nennen – das ist sogar gesetzlich geregelt. Und Freiausschank ist nun wirklich nicht gerade werbefreundlich und klingt absolut unbayerisch.

Du siehst, den Heiligen verdanken wir die Biergärten und den Mönchen das Bier. Das ist halt das alte, katholische Bayern.Im April hat der Bauer auch wieder Arbeit. Die Wiesen und Äcker werden gedüngt oder gepflügt, der Garten wird angelegt und manche Gemüse oder Kräuter schon gesät.

Das war's auch schon wieder vom April. Natürlich gibt es noch andere Bräuche und auch viele Heiligentage aus den verschiedenen Kulturkreisen. Aber das ist für uns im Moment nicht so ganz wichtig.

Ich wünsche dir eine gute Nacht, Lucienne."

30. April:
Beltane/Walpurgisnacht

„Hallo Lucienne", sagte eine leise Stimme. Die Angesprochene wusste sofort, dass ihre Freundin Ruth zu ihr sprach. „Bist du gut ausgeruht? Ich habe dir heute einiges zu erzählen, und dann gehen wir auch noch einen Weg im Tal der Träume."

„Au ja, heute ist Walpurgisnacht!" Lucienne war ganz aufgeregt.

„Ja, ja, Walpurgisnacht. Hab ich schon mal von gehört. Jetzt mal im Ernst. Vorerst geht es um einen alten keltischen Brauch, das Beltane-Fest. Das war nämlich nach Samhain am 1. November – du weißt schon, das heutige Allerheiligen – der höchste Feiertag. Am 1. Mai wurde früher der Beginn des Sommers gefeiert. Alle waren gut gelaunt, weil die Tage endlich lang und warm waren und alles wuchs.

Dazu will ich bemerken, dass die alten Kelten und auch die Germanen vier große Feiertage hatten, jeweils einen am längsten und kürzesten Tag des Jahres – was sich ziemlich mit Johannis und Weihnachten überschneidet und jeweils einen zur Tag-und-Nachtgleiche, was mit dem 1. Mai und dem Erntedankfest heute zu vergleichen ist, tatsächlich aber auf den 21. März und den 21. September fällt.

Beltane war immer der Fruchtbarkeit gewidmet, weshalb es in der Nacht zum 1. Mai immer hoch her ging. Viele Paare vollzogen den Liebesakt auf offenem Feld, da sie daran glaubten, dass dies auch die Fruchtbarkeit der Natur steigern würde."

„Also nichts mit Hexen und so?", wollte Lucienne wissen.

„Nein, ursprünglich nicht. Die Christen verdammten natürlich die Vereinigung zwischen Unvermählten – was damals sehr oft der Fall war –, und wahrscheinlich kommen daher die Geschichten von den Hexenorgien. Aber eine Tatsache ging auch in das Hexenmärchen mit ein. In dieser Nacht wurden alle Herdfeuer gelöscht und am höchsten Hügel ein neues Feuer entfacht, von dem jeder etwas mit nach Hause nahm. Und es wurde viel getanzt in dieser Nacht. Du denkst jetzt sicher an den Blocksberg, nicht wahr?" Ruth sah ihre Freundin verschmitzt an.

„Genau, den Blocksberg und die tanzenden Hexen mit dem Teufel", meinte Lucienne.

„Und genau dieser Teufel wurde von den Christen in die Nacht hineingedichtet, um dem Volk den alten heidnischen Brauch zu vergällen. Bei den Germanen war dieser Tag ein hoher Feiertag. Die Erdgöttin Freya vermählte sich mit dem Himmelsgott Wotan. Deshalb zog diesem Paar zu Ehren ein menschliches Paar, mit Blättern bekränzt als Maikönig und Maikönigin, in den Wald. Sie vollzogen einen symbolischen Liebesakt vor der Gemeinschaft. Das Feuer in dieser Nacht soll von neun verschiedenen Holzarten genährt werden. Man zeichnete neun Quadrate auf die Erde. Die äußeren acht wurden ausgestochen und als Torf verwendet. Das mittlere Quadrat blieb, und darauf wurde das Feuer entzündet. Und zwar als ‚Notfeuer'. Was es mit dem auf sich hat, erkläre ich dir ein andermal.

Das Christentum brachte dann den Teufel ins Spiel, um den Leuten das alte Fest auszutreiben. So einfach ist das. Und schon sind wir auf dem Blocksberg."

„Und wie kann man sich vor dem schrecklichen Hexenvolk schützen?", fragte Lucienne ganz neugierig.

„Zum einen musst du geweihtes Salz – was ja früher mit Gold aufgewogen wurde – auf der Türschwelle ausstreuen. Dann stellst du den Kehrbesen verkehrt herum an die Hausmauer, damit sich die Hexen darin verfangen."

„Und was mache ich mit einer gefangenen Hexe?"

Ruth lachte schallend. „Keine Ahnung. Hab noch nie gehört, dass das passiert ist. Aber die Leute glaubten, dass jeder Besen, der nicht aufgeräumt war, den Hexen zum Reiten diente.Und hier noch ein Reim von Goethe, bevor wir unseren Weg zum 1. Mai beschreiten:

Die Hexen zu dem Brocken ziehn,
die Stoppel ist gelb, die Saat ist grün,
Dort sammelt sich der große Hauf
Herr Urian sitzt oben auf.
So geht es über Stein und Stock
Es fazt die Hexe, es stinkt der Bock.

1. Mai: Der Maibaum

Lukas lebte in einem recht kleinen Dorf, das jedoch über reiche Felder verfügte, wodurch es sich gut dort leben ließ. Er gehörte zu den jungen Handwerksburschen, die den ganzen Sommer über auf der Roaß waren und erst im Herbst zum heimatlichen Hof zurückfanden, um dort über den Winter Ausbesserungsarbeiten vorzunehmen oder Auftragsarbeiten zu schnitzen.

Er hatte einen sehr guten Freund im Dorf, den Hannes. Zusammen waren sie als große Künstler angesehen, machten sie auch sehr viele Arbeiten gemeinsam. Lukas war ein guter Silberschmied, der sowohl Gebrauchsgegenstände wie Trensen und Messer als auch wunderschönen Schmuck für die Bäuerinnen und auch weniger zahlungskräftige Madel herzustellen wusste. Mathias konnte Herrliches aus Leder und Holz zaubern.

Aus ihrer Hand kamen fast alle Pferdegeschirre, Zaumzeuge und Sättel aus der Gegend. Aus Lukas Händen kam außerdem so manche Heiligenfigur in den Hergottswinkeln der Bauern. Und sie waren auch anderswo gern gesehen. Zu Hause hatten sie noch eine Dritte im Bunde. Lukas' Schwester Adelheid durfte zwar nicht auf die Wanderschaft gehen wie die beiden jungen Männer, aber sie bekam oft schriftliche Aufträge von ihnen, die sie geschickt umzusetzen wusste. Ihre Spezialität war das Emaillieren.

Gerade war es März und die Bauern mussten sich langsam um ihre Felder kümmern. Da kam der Großbauer vom Dorf ins Gehöft gefahren. Der Hofhund meldete kurz und ließ dann den Mann nicht mehr aus den Augen. „Ist schon recht, Hugo. Kannst dich wieder hinlegen. Das ist nur der Fallseder. Grüß dich, Fallseder. Was bringt dich hierher?"

„Grüß dich, Adelheid. Ist dein Bruder nicht am Hof?" Der gestandene Bauer druckste herum wie ein Schulbub. „Nein, er ist grad nicht hier. Wirst schon mit mir vorlieb nehmen müssen. Also was willst?" Adelheid stand jetzt direkt vor dem Besucher. „Du, ich beiß nicht. Komm mit rein in die Stube, wennst da besser reden kannst bei einem Obstler." Mit eingezogenem Kopf folgte ihr der junge Bauer.

Er setzte sich und sie schob ihm ein volles Glas hin. „Also, jetzt red endlich." Der Fallseder trank alles auf einen Schluck und begann, seine Bitte vorzutragen. „Weißt ja, dass es bei uns der Brauch ist, dass jeder Mann seiner Liebsten einen Maibaum steckt. Die Regierung wollt es alleweil verbieten in den letzten Jahrzehnten. Aber g'schafft hat sie's nicht. In unseren eigenen Wäldern wurden immer nur die schönsten Bäume g'stohlen und kaum einer der Diebe ist dabei erwischt worden.

Nun hat der Kramer auf seinen Reisen gesehen, dass es in manchen Dörfern nur noch einen Maibaum gibt. Meistens gleich beim Wirt ums Eck. Das ist dann ein wirklich mächtiger Baum, schön weiß-blau angemalt, mit lebendiger Spitze. Und daran sind die ganzen Zunftwappen des Ortes festgemacht.

Der Bürgerrat hat heuer beschlossen, auch einen einzigen Maibaum aufzustellen – gleich neben dem Bräu. Alle sollen mithelfen. Beim Schlagen, Entästen, Bemalen und Verzieren. Aufpasst muss auch noch werden, bevor er aufgstellt wird, dass er nicht gestohlen wird."

„Und da habt ihr euch alle denkt, dass der Lukas mit der Adelheid sicher die Taferln machen wird, damit's schön hübsch wird. Außerdem wolltest mit meinem Bruder reden, dass es euch nix kostet, gell?" Beschämt schaute der Bauer zu Boden.

„Gut, wir werden es machen. Auch umsonst – die Arbeit! An den Materialkosten werdet ihr euch schon nicht die Zähne ausbeißen. Das sind für jeden nur ein paar Pfennig. Aber wenn's einer allein zahlt, da wird's happig."

Der Fallseder strahlte plötzlich und streckte ihr die Hand hin. „Einverstanden. Ich hätt' nicht gedacht, so billig bei dir wegzukommen." „Wenn du g'meint hast, ich hätte keinen Gemeinschaftssinn, dann hast dich gewaltig geschnitten. Ich bin nur nicht so blöd wie mein Bruder, der immer alles gleich herschenkt. Egal, wie viel es ihn gekostet hat."

Er zog ein paar Zeichnungen mit den skizzierten Zunftzeichen aus der Tasche. „Schau her, so in etwa haben wir uns das gedacht. Was sagst du dazu?" Sie ließ ein Blatt nach dem anderen durch die Finger gleiten.

„Könnt ich mir vorstellen. Ja, das müsste zu machen sein. Ah, und da war schon einer so schlau und hat die Farben hingeschrieben. Ihr könnt die Sachen in den letzten Apriltagen abholen und zahlen. Einen Selbergebrannten für den Bürgerrat gibt's gratis – und wehe, der Baum wird gestohlen! Dann könnt ihr darauf zählen, dass wir in diesem Ort nichts mehr für die Allgemeinheit machen."

„Vergelt's dir Gott!", rief der Jungbauer und kippte beim Aufspringen den Stuhl um. Er umarmte Adelheid stürmisch und drückte ihr auch noch ein Busserl auf die Wange. Fröhlich pfeifend stieg er auf seinen Wagen und verließ den Hof, während ihm Adelheid und der Hofhund etwas überrascht nachblickten.

Als sie sich nach ein paar Minuten erst wieder bewegte, kam gerade Lukas um das Hauseck und sah seine Schwester träumend dastehen. „Was ist denn dir begegnet? Wohl nicht dein Zukünftiger?", neckte er sie.

„Nein, sicher nicht. Aber dein Kumpel, der Fallseder war da, und ich hab ihm gegen Bezahlung des Materials Zunftzeichen für den Maibaum versprochen. Wir müssen uns bald an die Arbeit machen."

Wie eine Erscheinung starrte Lukas seine Schwester an. „Du dem Fallseder versprochen? Wie kommt denn das?" „Meinst, weil ich ihn nicht leiden kann? Es geht schließlich nicht um seinen eigenen Baum, sondern um den des Dorfes! Und das kann ich sehr wohl unterscheiden."

Beruhigend legte der Bruder Adelheid einen Arm um die Schulter. „Es geschehen noch Zeichen und Wunder. Meine Schwester verhandelt ganz sachlich mit dem ‚fürchterlichen‘ Fallseder, dem Bazi." „Sag bloß, des stimmt nicht mit dem Bazi?" Er schmunzelte.

In den nächsten Wochen arbeiteten beide Geschwister immer wieder an dem Auftrag, sobald es der Hof und die sonstige Auftragslage zuließen. Die Sache machte ihnen viel Vergnügen. Und es wurden herrliche Zeichen, zumindest was den Geschmack ihrer Eltern, den Knechten und Mathias anbelangte.

Anfang der letzten Aprilwoche waren die beiden fertig mit der Arbeit und schickten zum Fallseder, dass die Sachen jetzt zum Abholen bereit seien.

Schon am nächsten Abend stand fast der gesamte Bürgerrat in ihrer Wohnstube. Auf dem großen Tisch waren auf einem Tuch alle Zeichen ausgebreitet. Während die Männer einen bewundernden Ausruf nach dem anderen ertönen ließen, stand

Adelheid mit einem Tablett Schnäpsen hinter ihnen und lächelte ihren Bruder glücklich an.

Der Bürgermeister drehte sich zu den Geschwistern um. „Ich glaube, ich habe meiner Lebtag noch keine solch schönen Zunftzeichen gesehen. Nicht mal an den Geschäften in der Hauptstadt. Ihr solltet beide dabei bleiben, so etwas zu machen. Das würde euch viel Geld und Ruhm einbringen. Ach, wo ich grad da bin. Mathias, komm her. Könnt Ihr drei für meine Frau eine Kette und einen Haarschmuck mit unserem Zunftzeichen machen? Ihr wisst ja, dass wir Tucher immer ein bisserl spinnen ..."

Sie versprachen es ihm in die Hand, und dann wurde auf den neumodischen Maibaum getrunken. Angesichts der Herrlichkeit bezahlten die Männer auch ohne Widerwillen die geringen Materialkosten und sogar noch etwas mehr. Dann packten sie die Zeichen vorsichtig ein.

„Tut mir einen Gefallen: Bringt die Dinger erst am frühen Morgen des 1. Mai am Baum an. Wär ewig schad, wenn der Baum geklaut wird und was kaputtgeht."

Adelheids Sorge war berechtigt. Man hatte in der Vergangenheit schon von gestohlenen Maibäumen gehört, die dann mit einer Brotzeit ausgelöst werden mussten. Die Männer gingen sofort auf ihre Bitte ein. „Vielleicht kann die der Lukas selbst am Baum anbringen?" Dieser erklärte sich bereit dazu.

Drei Tage vor dem Aufstellen des Baumes war er fertig bemalt. Natürlich in den bayerischen Landesfarben Weiß/Blau. Nun konnte er – wenn nicht gut bewacht – gestohlen werden. Was auch prompt passierte, weil die Aufpasser in ihrem Rausch nicht einmal wach wurden.

Doch musste keine Auslöse bezahlt werden. Denn Lukas, Mathias und der Fallseder mit ihren Knechten hatten den Baum der Diebe in der gleichen Nacht gestohlen. Die Bäume mussten also nur ausgetauscht werden.

Am 1. Mai ganz früh wurde letzte Hand an die Verzierung des Maibaums gelegt, und kurz vor dem Mittagessen schleppten ihn hundert Männerhände vorsichtig zu seinem neuen Platz beim Wirt, um ihn aufzustellen. Es war eine Plackerei, die alle zum Schwitzen brachte. Deshalb floss danach auch gewaltig viel

Bier durch die Gurgeln. Aber der Wirt hatte schon für reichlich Nachschub gesorgt.

Der Fallseder und die Adelheid kamen sich an dem Nachmittag auch so nahe, dass keine Abneigung mehr zwischen ihnen zu spüren war.

Bei sich dachte der junge Bauer sogar, ob er ihr nicht den Hof machen sollte – war schließlich ein fesches Dirndl.

MAI

„Und jetzt haben wir den Wonnemonat, stimmt's?" Lucienne blickte Ruth herausfordernd an.

„Dafür hast du jetzt wirklich nicht nachsehen müssen, oder?", zwinkerte die Freundin. „Der Mai ist tatsächlich der Wonnemond oder Weidemond, weil ab jetzt auch das Vieh wieder auf die Weiden darf. Der Name Mai kommt vom lateinischen maius, vermutlich von dem gleichnamigen Gott, der Beschützer des Wachstums gewesen sein soll. Andere sagen, der Name kommt von Maia, der Mutter des Gottes Merkur.

Offiziell war der 1. Mai lange Zeit der Sommerauftakt. Darum musste auch in der Walpurgisnacht Lärm gemacht werden – um die Hexen und Dämonen zu vertreiben. Man sagt, der Mai ist der Monat der Ekstase und der Fruchtbarkeit.

Auch wenn man heutzutage bei Wonnemonat in eine bestimmte Richtung denkt – der Mai ist seit Urzeiten der Monat der Keuschheit. Und es ist immer noch der Marienmonat, in dem Maiandachten gehalten werden.

Der Brauch, im Mai durch die Felder zu ziehen und Schutz vor Unwetter und für eine gute Ernte zu erbitten, ist uralt. Was früher für die Mutter Erde gedacht war, hat das Christentum auf Maria transferiert.

So ist es also nicht verwunderlich, dass der Monat, der immer schon der Fruchtbarkeit und den alten Göttinnen geweiht war, nun der Marienmonat wurde. Sogar die alten, heiligen Orte wie Quellen, alte Bäume und so weiter wurden beibehalten und nun Maria geweiht.

Übrigens hat Kurfürst Maximilian I. Maria im Jahr 1616 zur Schutzpatronin Bayerns ernannt: Patrona Bavaria. Die Mariensäule in München bezeugt dies.

Der Brauch mit dem Maibaumaufstellen ist seit dem 13. Jahrhundert belegt. Der Baum ist ein Sinnbild für den Frühling und die Zuversicht.

Die Bäume sind teilweise 30 bis 40 Meter hoch und werden nie maschinell aufgestellt. Dazu braucht man die Kraft von vielen Mannsbildern. Und die bekommen natürlich bei der Arbeit Durst, weshalb auch das Bier an solchen Tagen reichlich fließt.

Manche Quellen berichten, dass der Maibaum – meist eine Tanne oder Fichte – erst in der zweiten Hälfte der Walpurgisnacht geschlagen werden darf.

Am zweiten Sonntag im Mai haben wir den Muttertag. Und zwar gibt es den in Deutschland seit 1932 und in den USA schon seit 1914 als Nationalfeiertag.

Im Mai haben wir auch die Eisheiligen. Den Mamertus am 11., den Pankratius (Schutzpatron der Erstkommunikanten, der jungen Saat und Helfer bei Meineid und falschem Zeugnis) am 12., den Servatius (Schutzpatron der Lahmen, Helfer bei Fußleiden, Todesfurcht, Maus- und Rattenplage und für das Gelingen eines Unternehmens) am 13., den Bonifatius am 14. und die kalte Sophie am 15. Mai. Wobei zwei davon nur regional Bedeutung haben. Darum spricht man oft nur von den drei Gestrengen, Eismännern oder gestrengen Herren.

Ein Spruch aus Bayern sagt:

> Pankrazi, Servazi und Bonifazi
> sind drei frostige Bazi,
> und zum Schluss fehlt nie
> die kalte Sophie.

Früher entzündete man in Feldern und Weingärten oder auch normalen Gärten Feuer, deren Rauch und Wärme vor Frost schützen sollte.

Am 18. Mai geborene Kinder sollen angeblich ihr ganzes Leben lang vom Glück gesegnet sein.

40 Tage nach der Auferstehung Christi wird seine Himmelfahrt – und gleichzeitig Vatertag – gefeiert. Nun gibt es in Bayern nur noch ein paar wenige Kirchen, in denen das „Herrgottaufziehen" durch das sogenannte „Heiliggeistloch" auf dem Dachboden der Kirche zelebriert wird.

Dabei schwebt eine Christusfigur mit der Osterfahne in das Kirchengewölbe. Früher wurde am Auffahrtstag nur fliegendes Fleisch gegessen wie zum Beispiel Tauben, Hühner, Enten oder Gänse. Doch dieser Brauch ist zusehends in Vergessenheit geraten.

Pfingsten fällt auch oft in den Mai. Genauer gesagt immer zwischen den 10. Mai und den 13. Juni – 50 Tage nach Ostern.

An dem Tag werden viele Flurprozessionen, Feldumgänge, Pfingstritte abgehalten. Der größte Pfingstritt ist der Kötztinger Pfingstritt mit mehr als 600 Pferden, die nur von Männern geritten werden dürfen."

„Hey, das ist ja diskriminierend!" Lucienne war sichtlich entrüstet.

„Ja, so ist das nun mal. Du musst bedenken, dass christlich geprägte Bräuche an Frauen nur selten ein gutes Haar lassen. Aber wir sind noch nicht fertig.

Flurumgänge hat es übrigens schon vor der Christianisierung gegeben. Man glaubte, dass alle Felder, die in frommer Absicht umschritten oder umritten werden, eine sichere, wenn auch unsichtbare Mauer umgeben würde. Diese solle das Böse draußen halten.

Den Pfingstochsen gibt es an Pfingsten auch. Zum einen kann der Langschläfer der Familie damit gemeint sein – so, wie es beim Palmesel auch ist. Aber bis ins 19. Jahrhundert wurde auch in vielen Ortschaften ein mit Blumen, Stroh und Kränzen geschmückter Ochse durch die Straßen getrieben. Oft wurde er hinterher geschlachtet und verzehrt. In wieder anderen Gegenden wurden an Pfingsten die Kühe und Pferde zum ersten Mal im Jahr auf die Brachweide getrieben.

Die Schlusslichter unter den jungen Leuten, die den Viehaustrieb begleiteten, wurden unter anderem Pfingstfuchs oder Pfingstbraut genannt. Und das letzte Stück Vieh war die Pfingstkuh oder der Pfingstochse. Diese wurden mit Blumen und Laub geschmückt und allseits bejubelt. Deshalb gibt es auch heute noch das Sprichwort, dass jemand ‚herausgeputzt ist wie ein Pfingstochse', wenn dieser besonders auffallend und übertrieben angezogen und mit Schmuck behängt ist.

Und auch an Pfingsten kam übrigens früher das Heiliggeistloch in den Kirchen zum Einsatz. Man ließ oft lebende Tauben daraus in die Kirche fliegen.

Schon elf Tage nach Pfingsten feiert die katholische Kirche ein anderes Fest: Fronleichnam. Auch Hoffahrtstag, Prangertag, Fronleichnamstag, Fronleichnamsfest, Herrgottstag, Herrleichnamstag und Leichnamstag genannt. Schon seit 1294 findet dieses Fest am zweiten Donnerstag nach Pfingsten statt. Papst Urban IV. hat es 1264 eingeführt. Das Fest erinnert an die Hostie als Leib des Herrn und an die Einsetzung des Altarsakraments am Gründonnerstag. Es ist eines der höchsten Feste im Christentum.

Da gibt es wieder zahlreiche Prozessionen durch festlich geschmückte Straßen. In der Regel führt die Prozession ein die Monstranz tragender Priester unter einem Baldachin an. Sie geht zu mit Blumen geschmückten, im Freien liegenden Altären. Musik, Vereine und andere Organisationen – alle mit ihrer Fahne – sind bei den Prozessionen selbstverständlich dabei.

Es sind üblicherweise vier Altäre errichtet im Ort – mit Blumenteppichen geschmückt, überall rot-goldene Tücher an den Häusern –, an denen die Prozession jeweils haltmacht. Dort werden dann nach den vier Himmelsrichtungen die Evangelienanfänge gesungen und der Segen erteilt.

Der Name Fronleichnam ist abgeleitet von dem alten Vron-Lichnam, was der Leib des Herrn bedeutet. Es heißt, dass vor allem die Münchner Prozession ihresgleichen suchte. In der Barockzeit muss es ein wahrer Triumphzug gewesen sein. Es wurden Heiligenlegenden, Szenen aus dem alten und neuen Testament dargestellt, kleine Engel tummelten sich überall, Prunkwägen fuhren die höheren Stände in der nicht enden wollenden Prozession.

Übrigens gibt es auch Seeprozessionen in manchen Gegenden.

Und das war's auch schon wieder. Kurz und schmerzlos. Jetzt können wir guten Gewissens in den Juni gehen. Gute Nacht, Lucienne!"

24. Juni:
Johannisfeuer

Schon tagelang freute sie sich auf das große Ereignis. Endlich – heute war es soweit. Bald würde ihr Liebster am Gatter lehnen und wie immer in die Betrachtung der einzelnen Buche versinken, die schon seit mehreren hundert Jahren die kleine Anhöhe gegenüber zierte, bis sie zu ihm kam und sich bei ihm einhakte. Natürlich wusste er nicht, dass sie stets schon lange fertig herausgeputzt auf ihn wartete und ihn aus einem kleinen Fenster in der Diele betrachtete. Das machte ihr die meiste Freude.

Johannes und Barbara waren sich schon längere Zeit versprochen. Aber mehrere widrige Umstände machten es notwendig, die schon vor Monaten anberaumte Hochzeit immer wieder zu verschieben. Nichtsdestotrotz waren die beiden glücklich. Sie liebten sich und wussten, dass sie zusammengehörten. Und beide Elternteile waren mit der Wahl ihrer Kinder höchst zufrieden.

Nun stand Johannes wieder am Eingang des Gartens und betrachtete den Baum, um den ganz geschäftig Spatzen und Amseln schwirrten, sowie vereinzelte Brieftauben, die an der Buche gerne eine kurze Pause einlegten. Barbara sah sein Profil und erfreute sich an dem weichen Ausdruck, den sein hübsches, doch allzu oft ernst schauendes Gesicht erhielt.

Nach einigen Minuten der stillen Betrachtung löste sie sich vom Fenster und lief die Stiege hinunter. Im Vorbeilaufen nahm sie ihr Schultertuch für die Sonntage vom Stuhl, auf dem es schon Stunden bereitlag, und griff nach einem wohl gefüllten Korb.

Sie gab ihrem Vater einen flüchtigen Kuss auf die Wange und umarmte die Mutter mit der Bemerkung „Das Johanniskraut habe ich zum Trocknen ausgelegt. Es ist alles fertig."

„Grüß uns den Johannes und wünsche ihm einen wunderschönen Namenstag", meinte der Vater, der über seinen Schriftstücken grübelte. Die Mutter, die gerade am zweiten Socken für ihren Mann strickte, stimmte zu und drückte ihrer Tochter noch heimlich ein kleines Päckchen in die Hand. „Für den Sprung", flüsterte sie und ihre Augen glänzten dabei.

Draußen angelangt, zog Barbara ein großes Holzscheit vom aufgeschlichteten Stapel und ging zu Johannes. Noch bevor sie die Gartentüre öffnete, erhielt er einen zarten Kuss. Er packte zu seinem auch noch ihr Holzscheit, so dass er sie am Rücken tragen konnte, und bot ihr eine Hand.

Sie gingen ungefähr eine Stunde zu einer bewaldeten Anhöhe, deren oberer Bereich frei von Gebüsch war. Dort oben hatten sich schon viele Menschen aus der Gegend versammelt. Jeder hatte ein Scheit Holz von zu Hause mitgebracht, und damit hatte der Holzstoß in der Mitte des Gipfels schon beachtliche Ausmaße angenommen.

Barbara und Johannes suchten sich ein nettes Plätzchen im Schatten der Bäume und breiteten dort ihre mitgebrachte Decke aus. Ruhig und doch mit flüssigen Bewegungen packte Barbara allerlei Leckereien aus. Ihr Korb enthielt sowohl Brot und Geselchtes als auch die traditionellen „Hollerküchel". Den an Johannis gepflückten Holunderblüten sagte man besondere Heilkräfte nach. Und natürlich hatte sie selbstgemachten Apfelwein dabei.

In freudiger Erwartung der Dunkelheit und des Höhepunktes der Feier wurden Lieder gesungen und Verse zum Besten gegeben. Manch einer verzog allerdings über die „G'stanzl", die ihn betrafen, das Gesicht zu einer verschämten Grimasse. Überall wurde jemandem zugeprostet und allgemein war man bester Stimmung.

Als es endlich dunkel geworden war, hielt der anwesende Pfarrer eine kurze Andacht und gleich darauf wurde das Johannisfeuer von den Burschen der Feuerwehr entzündet.

Lange Zeit sprach keiner der Anwesenden ein Wort. Alle starrten nur gedankenverloren in das prasselnde Feuer. Dort schienen Schatten zu laufen wie in einem Figurentheater. In Sekundenschnelle verloren sie sich wieder und formierten sich neu. Die Flammen leuchteten in den schönsten Schattierungen von Gelb bis Glutrot, von Weiß bis Blau. Es war ein herrliches Schauspiel, was sich ihnen hier bot.

Um sich die Zeit zu vertreiben, bis das Feuer gut heruntergebrannt war, wurde von einigen Musikern aufgespielt. Als Tanzboden diente ein Viereck, auf dem extra kurz gemäht worden war. Dort tummelten sich bald viele Paare.

Sobald die Musik Pause machte, wurde wiederum gesungen, und dabei vernahm man vereinzelt noch nie gehörte, schöne Stimmen. Oft von jungen Männern, die gerade dem Stimmbruch entwachsen waren, oder von Mädchen, die endlich den Mut fanden, zu zeigen, was sie konnten.

Es dauerte lange, bis der beachtliche Holzstoß geschrumpft war. Ein paar Burschen halfen etwas nach und verteilten die restlichen Scheite ein wenig seitlich. Nun konnte man zum wichtigsten Punkt des Abends kommen: dem Sprung übers Feuer.

Barbara passte genau auf, wer mit wem durchs Feuer sprang. „Schau", meinte sie zu Johannes, „ich hatte doch recht, dass die Leni mit dem Sepp ..." oder „Die werden niemals heiraten dürfen. Eigentlich schade, wo sie so schön zusammenpassen."

Johannes wurde schon ganz unruhig und sprang auf. „Komm, lass uns auch springen."

Bevor sie seiner Aufforderung aufzustehen nachkam, kramte Barbara erst nach dem Päckchen ihrer Mutter. Darin befanden sich zwei Bänder aus Sonnwendgürtel (Beifuss), die ihre Mutter gebunden hatte.

Diese legte sie ihrem Liebsten und sich um. So ausgerüstet sprangen sie Hand in Hand über das Feuer. Hinterher warfen sie die Gürtel in die Flammen. Somit verbrannten sie der Überlieferung nach die Krankheiten für das folgende Jahr.

Als nur noch ein paar glühende Stücke Holz am Boden lagen, brachen die Versammelten langsam auf und machten sich auf den Heimweg.

Auch Barbara und Johannes packten ihre mitgebrachten Sachen zusammen und gingen langsam Richtung Heimat. Bald waren sie allein auf ihrem Weg und nur der Mond gab ein blasses Leuchten von sich, durch das sie sich orientieren konnten.

Ab und an kreuzte ein Johanniswürmchen ihren einsamen Weg. Nach einem langen Blick zum sternenklaren Himmel meinte Barbara: „Unser Johannisweibchen im Dorf hat Recht. Dies ist eine magische Nacht." Mit diesen Worten drückte sie sich näher an ihren Liebsten und küsste ihn innig.

Wann und wie die beiden letztendlich nach Hause kamen, weiß niemand wirklich genau. Wichtig ist nur, dass sie beide glücklich waren und bald darauf auch die lange ersehnte Hochzeit stattfand. Im Jahr darauf, kurz nach Johanni, kam auch schon ihr erstes Kind zur Welt. Vielleicht hatten sie ja in der Sonnwendnacht auch noch eine Sternschnuppe entdeckt und sich das alles gewünscht?

JUNI

„So, heute habe ich wieder ein wenig über den vergangenen Monat zu erzählen, den Brachmond oder Brachet, aber auch Lilien-, Sommer-, Rosen-, Heu- und Hundsmonat, wie er früher genannt wurde. Außerdem ist das der Monat des Aufblühens und des Verliebtseins. Der Name Juni kommt wahrscheinlich von der Göttin Juno. Andere Quellen erzählen von Junius Brutus. Die Anglosachsen nannten ihn den trockenen Monat oder den Mittsommermonat sowie den früheren milden Monat." Ruth saß neben Lucienne auf dem Bett.

„Es ist schon traurig, wie schnell so ein halbes Jahr um ist. Aber gut, nicht zu ändern. Erzähl nur." Lucienne hatte einen etwas melancholischen Tag und war ganz froh, aus ihren trüben Gedanken gerissen zu werden.

„Üblicherweise beginnt bei passender Witterung um die Zeit die Heumahd. Früher war das eine anstrengende Angelegenheit. Bevor begonnen werden konnte, wurden die Sensen gedengelt, das heißt, die Kanten geklopft und dann mit einem Wetzstein und Wasser scharf gemacht. Dann wurde in aller Frühe begonnen zu mähen. Danach wurde das Gras zum Trocknen auf Heumanderl oder Heureiter aufgehängt. Jetzt hieß es erst mal beten, dass das trockene Wetter sich hielt. Und später wurde dann mit Pferd und Heuwagen auf die Wiese gefahren und die Knechte und Mägde hebelten das getrocknete Gras mit Heugabeln darauf.

Die ganze Arbeit, wozu früher viele fleißige Hände benötigt wurden, wird heute von einem Bauern mit Traktor erledigt. Früher gab es auch nur zwei Heuernten im Jahr. Heute können es sogar bis zu sechs sein. Regional wird nur beim ersten Schnitt von Heu gesprochen. Der ist besonders gut für Pferde. Weitere Schnitte nennt man in dem Fall Grummet. Das ist ideal für Milchvieh und kann wegen des höheren Eiweißanteils sogar gefährlich für Pferde sein.

Am 8. Juni ist es wichtig, das Abendbrot bis zum letzten Bissen zu verzehren. Wenn nämlich was übrig bleibt, so weiß der Volksglaube zu berichten, bleibt man bei der Arbeit den ganzen Sommer im Rückstand. Je größer die Reste, desto höher der Rückstand. Dies bezog sich früher auf die Heuernte.

Der 9. Juni ist der Tag der Schafskälte. Dabei handelt es sich um einen häufig um die Zeit der Schafschur eintretenden Kälterückfall.

Am 15. Juni ist St. Vitus-Tag. Früher haben die jungen Männer aus den Orten Holz für ein ‚Himmelsfeuer' gesammelt, welches Glück bringen sollte. Außerdem das erste Holz für das Johannisfeuer. Spätestens an dem Tag beginnt die Haupt-Heuerntezeit.

Der 21. Juni – hier variiert das Datum, da es vom Stand des Mondes abhängt – ist die Sommersonnenwende, Sommeranfang und der längste Tag des Jahres. Bei uns dauert dieser Tag etwa 16 Stunden und die Nacht nur 8 Stunden. In alten Zeiten wurden die großen Feuer an diesem Tag angezündet, die später in der christlichen Zeit – zumindest bei uns in Bayern – auf den Johannistag verlegt wurden. In der vorchristlichen Zeit dauerten die Festlichkeiten zum Mittsommer 14 Tage.

In manchen Gegenden wurden die Sonnwendfeuer mit aromatischen Pflanzen angeheizt. Unter anderem auch mit Kamille. Das Einatmen des beim Verbrennen entstehenden aromatischen Rauchs sollte sich positiv auf die Gesundheit auswirken.

Es ist der Tag der Keltischen Göttin Litha, des Überflusses, der Fruchtbarkeit und Ordnung. In dieser Nacht sammelten die Druiden Mistelzweige von den Apfelbäumen. Auch Liebende fand man in dieser Nacht überwiegend unter Apfelbäumen. Und die Esche soll an diesem Tag beschützen, wenn man etwas von den Knospen isst.

Der 24. Juni ist übrigens das „Spargelsilvester". Spätestens ab dem Tag soll kein Spargel mehr gestochen werden. Bei jungen Spargelpflanzen hört man schon einige Zeit vorher auf zu stechen.

Zum Johannistag gibt es noch unzählige Bräuche und Orakel oder Weisheiten. Aber wenn du das wirklich alles wissen willst, dann kannst du das auch in diversen Büchern nachlesen.

Man sollte aber auf jeden Fall zum Schutz vor Sturm, Blitz und Donner einen Kamillenkranz an die Haustüre hängen. Außerdem sollen die Fenchelsträuße gegen das Eindringen von bösen Geistern über Türen und Fenstern nicht fehlen.

Und am 27. Juni ist der Siebenschläfertag. Da gibt es die Legende der sieben Brüder, die im Jahre 251 in der Höhle bei Ephesus eingemauert wurden und 200 Jahre lang schliefen. Danach wurden sie befreit, bezeugten ihren Glauben an die Auferstehung Christi und der Toten und starben dann. Es ist auch der Tag der Wetterentscheidung.

Ja, dann haben wir noch den 29. Juni, den Wetterherrentag. Hier geht es um Peter und Paul, die Wetterherren. Bei Dürre wurde Petrus um Wasser angefleht, es gab Küstenprozessionen und das Meer wurde gesegnet.

Das war's schon wieder vom Juni. Ich wünsche dir nun wunderschöne Träume!"

DAS FEUER

„Mein Mädchen, bist du krank? Fühlst du dich nicht wohl?" Mama fragte Lucienne mit in Falten gelegter Stirn, was denn mit ihr los sei. „Mir geht's bestens. Ich gehe jetzt nur ins Bett", antwortete das Mädchen.

„Ja, aber das bin ich überhaupt nicht gewöhnt von dir. Sonst muss ich dich meistens mehrmals ermahnen, und nun gehst du von selbst zu Bett. Da kann doch was nicht in Ordnung sein." Voller Zweifel legte die Mutter ihre Hand auf Luciennes Stirn. „Mami, ich hab kein Fieber, ich bin völlig gesund. Und ich gehe jetzt ins Bett." Und schon war sie verschwunden.

Natürlich hatte sie einen besonderen Grund, ins Bett zu gehen. Ruth hatte ihr versprochen, über alte Bräuche im Zusammenhang mit dem Feuer zu erzählen.

Nein, heute wollten sie keinen neuen Weg begehen, um ein Fest zu besuchen. Nur ein paar Schritte in einen sommerlichen Weg, um in der Wiese zu sitzen und zu plaudern. Und darauf freute sich Lucienne sehr.

Bald war sie auch schon eingeschlafen und die Traumfreundin holte sie ab. Ein paar Minuten später saßen sie auf einer wunderschönen sonnigen Alm mit grasenden Kühen in gebührendem Abstand und Ruth fragte: „Was würdest du gerne wissen? Soll ich mit dem Blitz beginnen? Dazu muss ich natürlich bemerken, dass nicht alles, was ich dir erzähle, auch wirklich einen Sinn ergibt. Es ist viel Aberglauben dabei. Aber zu beurteilen, was falsch und richtig ist, ist nicht meine Aufgabe."

„Fang bitte ganz schnell an. Ich bin ja schon gespannt, was du alles zu erzählen hast. Stimmt es eigentlich, dass durch Blitz entfachtes Feuer nicht mit Wasser zu löschen ist? Das hat nämlich Opa behauptet."

„Hat er das? Der alte Glaube sagt tatsächlich so etwas. Es wohnt natürlich eine besonders große Energie in dem Feuer eines Blitzes, weshalb meist alles gleich lichterloh brennt. Das Blitzfeuer ist einer der größten Feinde ländlichen Besitzes. Alte Menschen sagen auch, dass ein Blitzbrand nur mit frischgemolkener Milch zu bändigen ist. Viele Leute verehren auch das schwarze Holz von verbrannten Bäumen, die vom Blitz getroffen wurden. Es soll als

Heilmittel gegen allerlei Gebrechen und als Schutz vor Blitzschlag wahre Wunder wirken.

Wusstest du, dass in alten Zeiten die Menschen glaubten, das Gewitter sei das Zeichen für Gottes Zorn? Daher durfte man nie schlecht über ein Gewitter sprechen und stellte alle Lustbarkeiten wie Tanzen und Essen während der Dauer ein. Außerdem sollte man die Bezeichnung Blitz möglichst nicht in den Mund nehmen und nie darauf zeigen."

„Sicher, weil man es dadurch erst recht ruft." Lucienne war ganz bei der Sache.

„He, woher weißt du das denn?" Ruth war ganz überrascht.

„Hab ich mir so gedacht. Frei nach dem Sprichwort: Wenn man den Teufel nennt, kommt er g'rennt. Den Blitzableiter gibt es ja noch nicht so lange. Was haben denn die Menschen früher unternommen, um den Blitz abzuwehren?"

„Das mit dem Blitzableiter ist auch so eine Sache. Viele Menschen wollten ihn anfangs gar nicht anwenden, weil sie entweder nicht an die Wirksamkeit glaubten oder meinten, sie würden damit Gott ins Handwerk pfuschen. Das war besonders in Bayern der Fall.

Die meisten Leute beteten um Schutz vor dem Gewitter, trugen Amulette, hingen Krautwische in den Häusern auf, die am 15. August geweiht wurden, oder suchten in der freien Natur nach Bäumen, in denen Vögel ihre Nester hatten. Angeblich würde dort der Blitz nicht einschlagen.

Ein ganz allgemeiner Abwehrzauber war es auch, Geier, Krähen, Habichte oder auch Eulen mit gespreizten Flügeln ans Tor zu nageln. Frage mich bitte nicht, warum gerade das nützen sollte."

„Das ist ja richtig barbarisch! Dann schon lieber einen modernen Blitzableiter. Was hast du noch alles anzubieten in Sachen Feuer?"

„Einen Brauch im Zusammenhang mit dem Feuer kennst du schon von Johannis.

Aber es gibt einen germanischen Brauch, der bis ins 19. Jahrhundert in Deutschland seine Bedeutung hatte. Und zwar wurde immer bei der Übergabe eines Anwesens an einen neuen Eigner – egal ob gekauft oder geerbt – vom neuen Besitzer das Herdfeuer als Mittelpunkt des Hauses gelöscht und neu entzündet.

Mancherorts hatten die neuen Menschen, die unter dem Schutz des Herdes weilten, diesen dreimal zu umkreisen. Dies galt für alle Lebewesen des Haushalts und war zu begreifen wie eine Weihe.

In alter Zeit passte man auf, dass das Herdfeuer niemals ausging. Wenn dies doch einmal geschah, musste man sich vom Nachbarn Feuer holen. Doch das war gar nicht gerne gesehen. Vor allem ,verlieh' niemand gerne Feuer an Fremde, denn man glaubte daran, dass man damit das Glück aus dem Haus gebe."

„Da lob ich mir doch Zündhölzer und Feuerzeuge in der heutigen Zeit. Da braucht niemand Feuer vom Nachbarn zu holen."

„Glaube nicht, dass das alles mittelalterliches Brauchtum ist. Herbert Freudenthal berichtete, dass sogar noch 1930 in Schlesien gang und gäbe war, dass während der ersten sechs Wochen nach der Taufe eines Neugeborenen aus dem Haus der Wöchnerin kein Zündholz, nicht das geringste Anzeichen von Feuer weggegeben werden durfte. Nicht einmal der Mann durfte mit einer brennenden Zigarette das Haus verlassen."

„Darüber würden sich die meisten Leute heute krank lachen", kicherte Lucienne.

„Stimmt wohl. Ach ja, und fürs Feuer darf man sich nie bedanken. Nur ,für die Mühe', sagt der Volksmund. Denn Feuer ist heilig. Und man darf nie einem Menschen für eine Gottessache danken.

Wenn du dem Feuer zuhörst, bemerkst du, dass es auf viele verschiedene Arten spricht. Nach dem alten Glauben sagt es voraus, was in Zukunft passieren wird. Es prophezeit Todesfälle, Besuch, Unglück, Krankheit und vieles andere. Wichtig für dich ist nur, dass ein knisterndes Feuer auf baldige Freude im Haus hinweist."

Lucienne war ganz hingerissen von dem Bericht der Freundin. „Dann muss ich morgen Vati bitten, Feuer im offenen Kamin anzuzünden."

„Dann gibt es noch ein Notfeuer oder auch wildes Feuer. Das war von Nöten, wenn unter den Tieren eines Dorfes eine Krankheit auftrat. Es heißt Notfeuer, weil man es nötigt, zu erscheinen. Man darf es weder mit Stahl, Stein, Schwefel oder Zunder erzeugen. Alle Dorfbewohner haben ihre Herdfeuer zu löschen und sind angehalten, Brennstoff beizusteuern für das Notfeuer. Alle gehen zum Feuerplatz und dort nötigen zwei Männer – Zwillinge oder Männer mit gleichem Vornamen – das Feuer, durch Reibung (Holz auf Holz) zu erscheinen. Wenn das Feuer brennt, wird das kranke Vieh dreimal durchgetrieben und dann nimmt sich jeder Feuer mit nach Hause."

„Es gibt sicher noch viel mehr zu erzählen über das Feuer. Aber danke, das reicht für heute. Mehr kann ich mir beim besten Willen nicht merken." Lucienne war ganz begeistert von dem neuen Wissen, das sie durch ihre Freundin erfahren hatte. „Hoffentlich kommst du mich recht bald wieder besuchen!"

31. JULI/01. AUGUST: LAMMAS

„Am 31. Juli waren die Hexen unterwegs mit ihrem Lammas-Abend (Lammas ist die Getreidemutter).

Es war auch das Brotfest in der keltischen Zeit. Der Name kommt von angelsächsisch (keltisch) Hlaf-mass (loaf-mass; ‚Laib-Masse‘). Damals war es noch nicht selbstverständlich, täglich Brot zu essen zu haben."

„Stop! Ich habe da mal eine Frage. Seit wann gibt es Brot eigentlich?"

„Stimmt, das ist eine intelligente Frage. Vor etwa 8000 Jahren begann alles. Die Leute lernten, Hirse anzubauen, und buken das erste Brot. Es war grob geriebenes Mehl und Wasser, welches zu Fladen verarbeitet wurde. Der älteste Brotfund stammt aus einem Pharaonengrab und ist aus der Zeit von 2050 v. Chr.

Etwa tausend Jahre später war es ein Ägypter, der das erste weiche, lockere Brot gebacken hat. Er brachte – ob absichtlich oder nicht – den Teig zum ‚Gehen‘. So war also der Sauerteig geboren, den wir auch heute noch kennen. Die Ägypter trieben Handel mit den Griechen, die dann die Backkunst verfeinerten. Sie würzten das Brot mit Honig und Wein. Dann, im alten Rom, gab es doch glatt schon 100 v. Chr. über 250 Bäckereien. Erst im Mittelalter war das Brot richtig in Deutschland verbreitet. Inzwischen gibt es bei uns etwa 200 verschiedene Brotsorten. Frage genügend beantwortet?"

Lucienne grinste. „Klar doch. Alles wunderbar."

„So, also nun weiter im Text. Ein anderer Name von Lammas ist Lughnasadh, nach dem keltischen Gott Lugh, dem Sonnengott.

Lammas war so etwas wie ein Erntedankfest, das bei uns nun etwas später gefeiert wird. Aber das Datum um den 31. Juli ist trotzdem sinnvoll. Lammas war der Tag der sportlichen Wettkämpfe. Die nötige Kraft bekommt man durch das Brot, das an diesem Tag auf dem Speiseplan ganz oben steht. Übrigens kann man sich an diesem Tag von jeher ein Eheversprechen für ein Jahr und einen Tag geben. Das heißt, man lebt in einer Ehe auf Probe.

JULI

„Und damit sind wir auch schon am Ende des Juli, dem Heumond, Erntemonat oder Heuert angelangt, dem Monat der Entscheidung und des Schicksals, wie eine Quelle berichtet. Die Römer nannten den Monat zuerst Quinctilis, erst später wurde er zu Ehren Julius Caesars umbenannt, der in dem Monat geboren war und den julianischen Kalender einführte. Die Anglosachsen betitelten den Monat als den späteren milden Monat", begann Ruth ihren Monatsbericht.

„Nun waren die ersten Getreideernten fällig. Und wie auch schon bei der Heuernte waren hier früher viele Helfer nötig. Da gab es die Mäher, die Binderinnen, die Aufraffer und Hockensteller, die Harkerinnen und Rechenzieher, dann die Bandejungen und Auflader.

Um all diese Arbeitskräfte musste sich der Bauer schon einige Zeit vorher kümmern. Alle waren vom Gelingen der Getreideernte abhängig. Die Bauern und deren Knechte und Mägde, Tagelöhner und Landarbeiter.

Es geht gleich mit dem 2. Juli los, der Mariä Heimsuchung. Das Fest erinnert seit dem 14. Jahrhundert an die Begegnung der schwangeren Maria und Elisabeth.

Es war auch ein alter Zinstag, an dem man sich durch rituelle Handlungen vor Feuer und Blitzeinschlag zu schützen versuchte, da um die Zeit die Gewitter begannen. Dazu hängte man oft Haselnusszweige und Rosenkränze in die Fenster.

Am 4. Juli ist der Alpensegentag, an dem man um günstige Witterung bittet und um Schutz vor Mäuse- und Rattenplagen.

Der 8. Juli ist der Tag der 14 Nothelfer. Dies sind: Achatius, Ägidius, Barbara, Blasius, Christophorus, Cyriacus, Dionysius, Erasmus, Eustachius, Georg, Katharina von Alexandria, Margarete von Antiochia, Pantaleon und Vitus.

Um den 12. Juli wurde die letzte Korngarbe eingefahren. Und diese wurde gefeiert. Genannt wurde diese Regionsweise Hakelmai, Harkemei oder Hackemei.

Da man sie nicht trocken einfahren durfte, spritzte die Hausfrau dem Träger Wasser entgegen. Manchmal sogar eimerweise. Man kann dies alles natürlich als Regenzauber verstehen, Symbol für genügend Feuchtigkeit der Feldfrüchte zur Saatzeit und zur Zeit des Wachstums.

Ähnliche Regenzauber gab es auch zu anderen Zeiten. Mit Wasser begossen wurden zum Beispiel auch Kornpuppen, der Erntekranz, Erntekronen und die Leute, die zuerst ackerten, austrieben, pflügten oder säten.

Im Moment blüht der Stechginster. Wusstest du, dass das Holz früher für die Backöfen des 19. Jahrhunderts verwendet wurde? Und aus den Blüten wurde Farbe gewonnen.

Am 15. Juli ist Aposteilung. Sie trennten sich angeblich an dem Tag, um der Welt das Evangelium zu verkünden.

Mitte Juli finden in manchen Gegenden Kirschfeste zur beginnenden Ernte statt. Dabei gibt es dann auch die Meisterschaften zum Kirschkernweitspucken.

Der Margaretentag, der 20. Juli, galt als guter Tag für die Herbstrübenaussaat. In manchen Regionen war in der Margaretenwoche das Arbeiten verboten.

Ab dem Magdalenentag am 22. Juli begann man, das Baden im Freien zu vermeiden, da das Wasser ab dem Zeitpunkt als giftig angesehen wurde.

Und am 23. Juli beginnen die Hundstage. Bis zum 22. Oktober geht der Hundsstern Sirius zusammen mit der Sonne auf. Zwischen Juli und August strahlt der Stern ganz hell über uns. Angeblich begann da die Unglückszeit. Aderlass war gefährlich und Tollwut bei den Hunden stärker verbreitet.

Am 25. Juli ist dann der Jakobstag, um den sich zahlreiche Brauchtümer angesammelt haben. Jakobsferien, Jakobsringkampf, Jakobikirmes, Hahnentanz, Huttanz, Kerzensprung und Siebensprung. Nicht zu vergessen sind die Jakobiäpfel. Denn die ersten Äpfel und Kartoffeln sind erntereif.

Am Montag nach Jakobi wurden von den Handwerkern Haustüren, Läden oder ganze Straßenzüge grün geschmückt. Darum hieß der Tag der „Grüne Montag".

Am 31. Juli ist dann noch der Lammas-Abend.

Damit sind wir wieder da angelangt, wo wir gestern schon waren. Ich wünsche dir angenehme Träume, Lucienne." Und mit diesen Worten war Ruth wieder verschwunden. Nur die Bettdecke war noch eingedrückt, wo sie gesessen hatte.

10.–15. August: Laurentitränen

Gleich nachdem Lucienne von Ruth abgeholt wurde, führte sie ihr Weg zu einem lauschigen See, wo sie auf zwei junge Frauen trafen.

Es war ein lauer Sommertag und wieder einmal hatten die beiden Freundinnen etwas Besonderes vor. Inmitten wunderbar blühender Blumen breiteten Barb und Tini ihre Decke auf der Wiese aus. Die letzten Sonnenstrahlen wollten sie noch nützen, um sich im nassen Element zu vergnügen. Dann kam langsam auch schon die abendliche Kühle herangekrochen.

Nachdem sie sich eine ganze Zeit im Wasser getummelt hatten, waren sie auch recht hungrig. Mit viel Ruhe packten beide nun auch ihren Picknickkorb aus. Zum Vorschein kamen Teller und Besteck, Servietten, bester Schinken, Brot, besonders guter Käse, Tomaten, Salami und andere Köstlichkeiten.

Alle Gaumenfreuden wurden mit Tellern auf der Decke drapiert und dann mit viel Genuss und Muße verspeist.

Es wurde dunkel und die beiden Freundinnen zündeten einige der mitgebrachten Kerzen an. Diese verteilten sie auf der Picknickdecke und am Wasserrand. Dann aßen sie genüsslich weiter.

Erst nach Ende des Gelages und nachdem sie die Reste gut verstaut hatten, kam wieder etwas Bewegung in die zwei Frauen.

Tini hatte Sternwerfer (Wunderkerzen) mitgebracht. Sie hatte wirklich an alles gedacht. So standen sie also beide mit ihren funkensprühenden Stäben in der Hand am Wasserrand und freuten sich ihrer Freundschaft und dieser speziellen Stunde ihres Lebens.

„Man sagt doch, dass in den Tagen zwischen dem 10. und dem 15. August die Laurentitränen verstärkt vom Himmel fallen. Wir müssen also heute nach Mitternacht den Himmel beobachten.

Eine alte Weisheit sagt auch, ein Wunsch, der beim Fall einer Sternschnuppe insgeheim zum Himmel geschickt wird, soll in Erfüllung gehen."

Tini stand versonnen da und sah in die tanzenden Sterne ihres Sternwerfers. Nach kurzer Zeit verglühte dieser und es war wieder Nacht um sie.

Sie zündete einen neuen Sternwerfer an und begann langsam, eine Spirale zu tanzen. Von einer Mitte langsam im Urzeigersinn nach außen setzte sie graziös einen Fuß vor den anderen. Barb war fasziniert vom Tanz ihrer Freundin und meinte, die Sterne summen zu hören. Tini hatte ihr erklärt, dass die rechtspolarisierende Spirale dem Leben näher stand, als die anders drehende Spirale.

Lucienne hatte neben Tini mitgetanzt und war jetzt so richtig zufrieden. „Komm Ruth, verlagern wir unseren Aufenthaltsort mal auf den hölzernen Steg, der da drüben so weit ins Wasser ragt.“

Sie erzählten sich gegenseitig Schauermärchen von monströsen Ungeheuern und legten sich auf die noch warmen Planken.

Ganz leise plätscherte es um sie herum, und bei jedem neuen Windhauch hörten sie die Blätter der Uferbäume leicht rauschen.

Und tatsächlich sahen sie um Mitternacht zahlreiche Sternschnuppen über den Himmel ins Nichts sausen. Sie schickten ihnen so manchen Wunsch entgegen.

AUGUST

„Der August ist benannt nach dem Kaiser Augustus, dessen größtes Glück ihm in dem Monat wiederfahren war. Um nicht hinter Julius Caesar zurückzustehen, wurde dem Monat noch ein weiterer Tag angefügt, um auch auf 31 zu kommen. Es war früher immer der Erntemond oder Ernting in Deutschland. Das ist der Monat der Verständigung." Ruth saß ihrer Freundin diesmal im Tal der Träume gegenüber.

„Der erste August ist gleich ein wichtiger Tag. Er hat mehrere Namen: Schnitterinnenfest, Petri Kettenfeier, keltisch Lugnasad (gesprochen: Luu-na-sah = Hochzeit des Lichts), sächsisch Lammas, Mondfest und mehr.

Dieses Fest war das Fest der Wiedergeburt. Der Göttin wurden die ersten Kornähren dargebracht. Jeder brachte zu dem Fest die schönste Frucht, die zu finden war. Daraus wurde ein Salat zubereitet und mit Honig (Symbol der Süße des Lebens) gewürzt. Kommt dir was bekannt vor? Ja, genau. Daraus wurde das christliche Erntedankfest. Es wird übrigens in manchen Quellen vom 31. Juli und in anderen vom 1. August gesprochen.

Angeblich war es ein großer Unglückstag, weil der Teufel in die Hölle gestürzt worden war. Um dem Unglück entgegenzuwirken, hängte man Zweige der Eberesche mit den reifen Beeren an Häuser und Stallungen.

Am ersten Erntetag wurde früher oft mittags festlich auf dem Feld gegessen und manchmal gab es abends dann Tanz.

Am 10. August ist Laurentius und die erste Nacht der Laurentiustränen. In den Nächten bis zum 14. August kann man besonders viele Sternschnuppen beobachten.

Mariä Himmelfahrt am 15. August ist eines der ältesten Marienfeste und wird seit dem 7. Jahrhundert gefeiert – aber erst 1950 bestätigte Pius XII. durch ein Dogma die leibliche Aufnahme Mariens in den Himmel.

Dem Grab Mariens soll bei der Himmelfahrt ein wundervoller Duft von Kräutern und Blumen entstiegen sein. Die Pflanzen wurden von den Aposteln bei der Graböffnung gefunden.

Mariä Himmelfahrt wird auch mancherorts Wurzweih, Kräuterweihe oder Büschelfrauentag oder einfach Frauentag genannt, da oft Wurzbüschel oder Kräuterbunde aus meist neun verschiedenen Kräutern geweiht werden. Wichtig dabei sind Thymian, Labkraut, Rainfarn, Hartheu und Königskerze – schon von jeher zauberkräftige Kräuter. Diese Kräuterbuschen wurden nach der Weihe neben den Palmbüscheln hinter dem Kreuz im Herrgottswinkel aufbewahrt.

Wenn nun ein Gewitter naht, nimmt man daraus ein paar Blüten und Stängel, befeuchtet sie mit Weihwasser und legt sie auf den heißen Herd in der Küche. Natürlich muss man alle Fenster und Türen schließen, damit der aufsteigende Rauch im Haus verbleibt. Man glaubte, dies würde Haus und Feld vor Unwettern schützen.

Die Zeit von dem Tag bis zu Marias Namenstag am 12. September wird „Frauendreißiger" genannt. Es ist die zum Herbst überleitende Zeit.

Der 23. August ist das Ende der Hundstage und am 24. August ist Bartholomäustag. An dem Tag beginnt der bäuerliche Herbst. Die Getreideernte sollte dem Ende zugehen. Beginnen würden jetzt die Aussaat des Winterkorns, die Obsternte und der letzte Grasschnitt. Auch Haselnüsse sind jetzt an der Zeit.

Das waren auch schon wieder die wichtigsten Tage dieses Monats. Noch Fragen? Nein? Na gut, dann lass uns mal zurückgehen."

ERNTEDANK

„Ist es jetzt so weit? Haben wir jetzt endlich einen Almabtrieb? Du weißt ja, ich schau nicht in Bücher, weil ich alles von dir hören will. Aber manchmal kostet mich das schon Nerven, so lange zu warten. Wo ich doch schon im Frühling wissen wollte, warum die Kühe so schön geschmückt werden. Außerdem hab ich noch nie einen gesehen …"

Ruth stoppte den Redeschwall ihrer Freundin: „Der Almabtrieb wird oft zum gleichen Termin wie Erntedank gefeiert. Und das ist der Sonntag nach Michaelis am 29. September. So, nun lass uns gehen."

Agnes war ganz stolz auf ihr Werk. Sie hatte schon immer gut mit Blumen umgehen können. Und nun sah sie in die Runde und schaute sich den Schmuck an, den sie in stundenlanger Kleinarbeit gezaubert hatte.

Sie war förmlich von einem Blumenmeer umgeben. Ein prächtiger Kopfschmuck lag neben dem nächsten. 24 große Buketts für ihre Kühe, die morgen von der Alm abgetrieben würden, drei Kränze für die Kälber und dazu fünf kleinere Kränze mit Schleifen für die Frauen des Hauses.

Bei ihnen im Dorf war alles so wie schon Jahrhunderte vorher. An dem Wochenende des Almabtriebs fand auch der traditionelle Erntedankgottesdienst in der wunderbar geschmückten Kirche statt.

Am Samstag ging Jung und Alt abends zum Tanzboden am Anger. Sonntags dann zogen sich die Dorfleute ihr Festtagsgewand an und wurden vom Sonntagsgeläut alle gleich in die Kirche gelockt, in der schon Kostproben des schönsten Gemüses oder der außergewöhnlichsten Kuriositäten der Feldfrüchte um den Altar auslagen. Der Dorfpfarrer hielt eine flammende Rede und dankte Gott im Namen aller anwesenden Gläubigen für die reichliche Ernte und für die Gesundheit des Viehs.

Dann ging jeder zurück zu seinem Hof, um die wunderschön geschmückten Tiere zu erwarten, die mit verschieden großen Glocken um den Hals versehen von den Sennerinnen und Sennern in den heimischen Stall gebracht wurden.

Ja, dieses Jahr waren alle gesund geblieben und kein Stück Vieh starb auf den Sommer-Weiden, des Weiteren war auch auf dem Hof kein Unglück geschehen. Auch wenn es für sie viel Arbeit bedeutete, freute sich Agnes dieses Jahr besonders, den Schmuck für die Tiere vorbereiten zu können. Im letzten Herbst waren ihre Kühe schmucklos von der Alm gekommen, weil bei einem schlimmen Sommergewitter eines der Kälber den Steilabhang hinabgestürzt und jämmerlich verendet war.

Sie warf einen raschen Blick zum Fenster hinaus in den Vorgarten. „Eh egal. Die Blumen hätten sowieso nicht mehr lange gehalten. Jetzt ist halt alles etwas kahl da draußen."

Ihre Mutter und Schwester kamen beide in die Kammer. Die Mutter schlug im Überschwang ihrer Gefühle die Hände vors Gesicht. „Schau nur, Marei, was die Agnes Wunderschönes gebunden hat. Da werden unsere Küh' morgen wie die Prinzessinnen von der Alm runtersteigen." „Aber nur, wenn's der Karl schafft, die dummen Viecher auch sauber zu kriegen, bevor's losgeht", bemerkte Agnes trocken.

„So, Mutter, ich zieh mich jetzt um zum Tanz, damit ich fertig bin, wenn der Vinzenz mich abholt. Lieserl und Resi haben mir versprochen, dass sie den Schmuck in den Schober stellen und mit Wasser benetzen, damit die Blumen durchhalten bis morgen Nachmittag." Und nur Sekunden später war sie schon auf der Treppe zu ihrer Schlafkammer.

Bei Tagesanbruch stiegen Agnes und ihre Schwestern zusammen mit Lieserl und Resi mit ihrer Blumenlast zur Alm auf und reinigten zusammen mit dem Senner Karl die Tiere. Dann stiegen sie ab, so schnell sie konnten, hüpften in den bereitgestellten Karren und fuhren zum Hof zurück. Dort mussten sie sich noch hübsch machen und zur Kirche gehen.

Der Viehzug mit mehreren hundert Kühen nach dem Gottesdienst war prächtig anzusehen. An jedem Hof bog ein Teil der großen Herde ab zum heimischen Stall. Agnes stand am sechsten Hof und war ganz verliebt in den Anblick der glänzenden Tierleiber. Sie blieb als Einzige stehen, bis auch die letzte ungeschmückte Kuh eines vom Pech verfolgten Bauern vorbeigezogen war.

„Wieder ein Jahr vorbei. Alle sind g'sund und die Ernte war prächtig. Da ist es schon recht und billig, wenn wir ein großes Dankeschön in der Kirch' lassen haben."

Fröhlich drehte sie sich um, um sich den Festtagsbraten schmecken zu lassen. In Gedanken war sie bei ihrem Vinzenz, den sie noch am selben Abend erneut treffen wollte.

Lucienne starrte vor sich hin und überlegte. „Was willst du wissen?", fragte Ruth. „Hm, also bei uns ist Erntedank Ende September oder Anfang Oktober. Was ist eigentlich mit Thanksgiving in den USA? Sollte das doch ganz anders sein?"

„Ach, das hat dich beschäftigt." Ruth ordnete erst ihre Gedanken, bevor sie zu erzählen begann. „Thanksgiving wird in den USA immer am 4. Donnerstag des Monats November gefeiert und ist dort ein staatlicher Feiertag. Und da es ein traditionelles Familienfest ist, kommt es um diesen Feiertag jedes Jahr zu einem riesen Verkehrschaos in den Staaten." Sie schmunzelte.

„Irgendwie kommt mir dieses Fest vor wie der Startschuss für Weihnachten. Nach Thanksgiving sieht man die ersten Weihnachtsdekorationen. Traditionell werden an dem Tag ursprüngliche Speisen verzehrt, die in Nordamerika beheimatet sind: gefüllter Truthahn, eine große Auswahl an Beilagen und Nachspeisen. Süßkartoffeln, Preiselbeersauce, Apfel- oder Kürbisauflauf und Gemüse wie Squash (in dem Fall Winterkürbis in gekochter oder gebackener Form), Mais und Erbsen.

An Thanksgiving gibt es übrigens keine Geschenke. Aber es gibt einen Brauch für einen Wunsch. Dazu wird das Gabelbein des Truthahns getrocknet und dann von zwei Leuten mit ihren kleinen Fingern auseinandergezogen. Wer das größere Stück in Händen hält, hat einen Wunsch frei. Na ja, klar, schließlich heißt das Gabelbein auf englisch ja auch Wishbone." Sie feixte.

September

Lucienne und Ruth saßen unter Bäumen mit bunt gefärbten Blättern. Ein leichter Windhauch wirbelte immer wieder neue Formen auf.

„Herbstmond, Scheiding oder Früchtemond wurde der September in früheren Zeiten genannt. Es ist der Monat der Ernte und des Dankes. Und im römischen Kalender war er, wie der Name schon sagt, der siebte Monat von März an gerechnet. Und die Angelsachsen nannten ihn den knappen oder kahlen Monat.

Am 8. September ist Mariä Geburt. An dem Tag wird mancherorts in den Alpenländern das Milchvieh geschmückt ins Tal getrieben.

Um den Tag brechen auch die Schwalben wieder auf in wärmere Gefilde.

Der 12. September ist Mariä Namen gewidmet. Viele Neugeborene bekamen früher an diesem Tag den Namen Maria.

Die Ernte ist nun vorbei und die letzten Garben, die von den Bauern stehen gelassen wurden, haben sich die Hirten und Armen geholt.

Am 20. September ist St. Eustachius und außerdem einer der Haupttermine für Herbstjagden.

Am 21. September – wie immer variiert das Datum mit dem Stand des Mondes – ist Mabon, die Tag-und-Nachtgleiche sowie Herbstanfang und Altweibersommer. Mabon ist die Feier der zweiten Ernte – und zwar von Obst und Früchten. Zeit, Obstbrände und Met anzusetzen. Dieser Tag kennzeichnet außerdem die Hälfte des Herbstes.

Am 29. September ist Michaelis oder Sommersilvester. Mancherorts wurde an dem Tag nicht gearbeitet, es war oft quartalsmäßiger Zahltag für die Pacht oder der Tag zum Wechseln einer Stellung (Schlenggel- oder Truhentag). Die Handwerker arbeiteten wieder mit Licht und der Gutsherr lud sein Gesinde zum Essen ein.

Drachensteigen war der Spaß für die Kinder. Der höchste Drache wurde Michaelskönig. Es gab Michaelswecken oder Michaelskuchen. Bekannt ist auch das Michaelsfeuer. Die Spinnstuben öffneten regional an St. Michael bis Lichtmess.

‚Michel steckt das Licht an, das Gesinde muss zum Spinnen heran.' Von dem Tag bis zum 15. April durften Wiesen von Hirten abgehütet werden.

Erntedank ist üblicherweise am Sonntag nach Michaelis. Entstanden ist das Fest auch wieder mal aus dem Heidnischen. Man dankte Wodan für eine reich ausgefallene Ernte. Die Ernte dauerte immer von Johanni bis Bartholomäus, vom 24. Juni bis 24. August, oder von Jacobi bis Ägidius, vom 25. Juli bis zum 1. September. In der Zeit gibt es auch zahlreiche Volksfeste, von denen das Oktoberfest in München als ‚Beerfestival' weltweit Berühmtheit erlangt hat. Wobei dieses Fest kein klassisches Volksfest an sich ist, da es aus einer Feierlichkeit zu einer Hochzeit entstanden ist.

Schluss damit. Lass uns noch über andere Dinge sprechen. Man soll schließlich nicht immer nur ans Geschäft denken."

So saßen die beiden Freundinnen noch lange unter den Bäumen und unterhielten sich.

KIRMES ODER KIRCHWEIH

Bei Anna-Maria im Dorf war alles so, wie schon Jahrhunderte vorher. An dem Wochenende fand die traditionelle Kirchweih oder Kirmes statt. Es war dies der 3. Sonntag im Oktober – das war der von der Regierung festgelegte Termin. Ihr Urgroßvater wusste noch zu berichten, dass jedes Dorf an einem anderen Sonntag Kirchweih feierte. Und zwar drei Tage lang. Dieses Fest war sogar schon 799 belegt. Aber da diese Festivitäten oft ausarteten und manchmal sogar die Ernte darunter litt, wusste sich die Regierung nicht anders zu helfen, als einen Tag für das ganze Land festzulegen.

Schon am Samstag hängte man den „Zachäus", liebevoll „Zacherl" genannt, zum Kirchturm heraus: eine rot-weiße Fahne (weißes Kreuz auf rotem Grund). Das Evangelium vom Zöllner Zachäus trifft genau auf den Kirchweihsonntag.

Eigentlich müssten Anna-Marias Mutter und die jüngste Schwester bald zurück sein. Die beiden waren mit Körben, beladen mit Speck, frischem Brot, Griebenschmalz, Äpfeln und frischem Birnenkuchen, zur alten Franzi gegangen. Dort trafen sich jedes Jahr zu Kirmes die Ärmsten des Dorfes und bekamen von den glücklicheren Bauern ein Festmahl vorgesetzt.

Da ging auch schon die äußere Türe und Anna-Maria hörte die Stimme ihrer Mutter. „Das ist doch wirklich ein schöner Brauch. Die Leut' schauen immer so überglücklich, wenn sie die ganzen Leckereien auf dem großen Tisch von der Franzi aufgehäuft sehen." Dann die schwächere Stimme ihrer Schwester: „Gott sei Dank muss bei uns im Dorf keiner wirklich Hunger leiden. Das ganze Jahr über werden die Armen versorgt, die sich selber nicht mehr durchbringen können, weil sie zu alt oder krank sind. Was natürlich kein Vergleich zu den Leckereien an Kirmes ist."

„So, Mutter, ich zieh mich jetzt um zum Tanz, damit ich fertig bin, wenn der Xaver mich abholt." Und keine zehn Sekunden später war sie schon die Treppe zu ihrer Schlafkammer hinauf gestürmt.

Als der Xaver kam, legte sie gerade noch letzte Hand an ihren Haarschmuck. Sie hatte wunderschöne lange und feste Haare in einem leicht rötlichen Braun. Diese hatte sie nach Art der Städter kunstvoll aufgesteckt und ausnahmsweise nicht in einen Zopf gezwängt. Sie bemerkte gleich, dass ihrem G'spusi das gefiel. Anna-Maria trug über ihrem feschen Dirndl nur eine Stola, da der Abend noch einmal richtig lau zu werden versprach. Xaver gefiel ihr unter dem etwas schräg aufgesetzten Trachtenhut sehr gut. „Solltest immer einen Hut aufhaben. Das steht dir." „Freili, damit ich auch bald mit einer Glatz'n rumlauf wie mein Alter. Kommt noch früh genug, dass' mich da oben friert und ich immer einen Hut brauch." Sie puffte ihn in die Seite und hakte sich ein. „Schmarrer du!"

Auf dem Anger schwangen beide wild das Tanzbein. „Do schau hi", meinte einer der Dorfältesten am Rande des Tanzbodens, „de Anna-Maria und der Xaver – beide wia da Lump' am Stecka. So wie ihre Alten vor zwanz'g Jahr. Des g'fallt mia."

Nach einer besonders anstrengenden Tanzrunde legten die beiden jungen Leute eine Pause ein und spazierten an den Buden vorbei. „Komm, lass uns losen", meinte Xaver. Er zahlte an der Bude und forderte Anna-Maria auf, die Lose zu ziehen. „Du bringst mir sicher Glück." Und tatsächlich – ein Los gewann, und der freudestrahlende Xaver bekam ein Halstuch überreicht. „Das werd' ich jetzt immer tragen zum Andenken an uns zwei." Glücklich strahlte ihn Anna-Maria an und schmiegte sich an ihn.

Kurz darauf gellte ein Schrei durch die Nacht zu den Feiernden. Die Musik brach ab und alle rannten in die Richtung des Lärms, der nun noch zunahm. Man vernahm das wilde Gekeife einer Frau und dazu männliche Beschwichtigungen.

Bald standen beinahe alle Kirmes-Gäste vor der kleinen Bude eines fahrenden Schuhmachers. „Er wollte mich bestehlen. Ja das wollte der Lump!", schrie die Pfarrersköchin aufgebracht. „Aber das hat er nicht geschafft. Ich sollte ihm meinen rechten Schuh geben, hat er g'sagt. Mit mir nicht, Freundchen." Dabei fuchtelte sie dem völlig verstörten Mann mit dem Finger direkt vor der Nase herum.

Ein kleiner Bub stand daneben und begaffte den besagten Schuh. „Der hat aber wirklich ein Loch am Zeh. Da geht's beim nächsten Regen schön nass rein." Noch immer zornentbrannt sah die Frau auch an ihrem Fuß hinab. „Stimmt, hab ich noch gar nicht g'merkt."

Anna-Maria schob sich durch die Menge. „Leut, da gibt's nichts mehr zu glotzen. Geht's wieder tanzen. Hier ist alles vorbei." Und leiser sagte sie zur Pfarrersköchin: „Lass dir den Schuh richten, sonst haut dir noch des Geld ab, das du drin versteckst. Des weiß doch der gute Mann gar nicht. Der wollt' doch nur mit dir ins Geschäft kommen. Schließlich ist er Schuster."

Die ältere Frau wurde rot im Gesicht. Schnell entschuldigte sie sich bei dem vermeintlichen Dieb und ließ auch sofort den Schuh richten. Und weil ihr die Sache dann doch gar peinlich war, lud sie die Schusterkinder noch zu einer Karussellfahrt ein.

So verging der Kirmes-Auftakt ein weiteres Mal ohne bedenkliche Zwischenfälle. Dass am nächsten Morgen einige der jungen und auch älteren Männer nicht ganz frisch aussehen würden, war allen bewusst. Dazu schmeckte das Bier des Dorfwirts viel zu gut.

Am nächsten Morgen gingen alle Dorfbewohner zur Kirche, die schon herrlich geschmückt war. Jeder war prächtig angezogen und die jungen Leute hatten weniger Augen für den Pfarrer als für das andere Geschlecht in der gegenüberliegenden Kirchenbank. Auch hier war es wie in vielen anderen Gemeinden. Die Frauen saßen links und die Männer rechts.

Xaver begleitete seine Angebetete nach Hause und dachte zum wiederholten Mal :„Wie fesch sie ist! Ich bin doch wirklich besonders gesegnet, so ein Dirndl mein eigen nennen zu dürfen." Als sie am Gartentor ankamen, legte sie ihre Hand auf seinen Arm. „Kommst einfach nach dem Essen auch herüber mit deinen Eltern. Wir haben wieder eine kleine Feier in der Tenne. Du fehlst mir ja sonst."

Mit diesen Worten drehte sie sich um und trat ins Haus, um sich an der herrlich fetten Kirtagans satt zu essen und danach ein paar der heißgeliebten und nur einmal jährlich verfügbaren Kirchweihnudeln zu ergattern. Der Brauch wollte es, dass die Bäuerin einen Esslöffel Schmalz und das erste gebackene Küchel als Opfer für die armen Seelen ins Herdfeuer warf. Dies wurde bei ihnen am Hof immer mit einem kurzen gemeinsamen Gebet begleitet. Außerdem durfte der Pate als Erster bei den Kücheln zugreifen.

Aber hinterher ging es hoch her in der hofeigenen Tenne. Denn Anna-Marias Familie hatte immer schon die größte Kirtahutschn im Dorf. Auf der hatten über 15 Personen Platz. Das war ein Spaß, wenn Jung und Alt aus den Nachbarhöfen sich dort traf, um zu schaukeln. Für die Männer freilich durfte das Bier nicht fehlen. Und die Frauen erhielten ein Gläschen selbstangesetzten Likör von der Bäuerin. Um die Ausgaben nicht ins Unermessliche steigen zu lassen, brachte ein jeder Gast noch etwas mit aus dem eigenen Garten, was Gebackenes – oder einen Selberbrennt'n.

Bevor es allerdings im Laufe des fortschreitenden Alkoholgenusses zu den üblichen Raufereien kommen konnte, wurde der Schauplatz wieder zur allgemeinen Kirmes am Anger verlegt.

Später zogen die jungen Leute zusammen mit der Musikkapelle singend und spielend aus, die diesjährige Kirchweih zu begraben. Als sie zu der auserkorenen „Grabstätte" kamen, wurde ein Loch gebuddelt und darin der Inhalt einer Flasche Wein, eines Keferlohers (tonnenförmiger, grauer Tonbierkrug), bunte Bänder und Lumpen sowie etwas Kuchen vergraben.

Der ganze Zug kehrte wieder unter Trauerklängen zurück zum Wirtshaus, wo schlagartig zur Tanzmusik gewechselt wurde, die dann bis Mitternacht andauerte.

Auch tanzte die Anna-Maria ein weiteres Mal mit ihrem Xaver und wurde von ihm gar an diesem Abend noch mit einem Heiratsantrag überrascht.

Oktober

„Weinmond, Reifmond oder Gilbhard ist der alte Name des Monats Oktober. Die Angelsachsen nannten den Oktober so ähnlich wie Wintervollmond, weil der Winter nach dem Vollmond im Oktober beginnen würde. Man kann ihn auch den Monat der Läuterung und der Geistervertreibung nennen. Es beginnt die Zeit der Nebel. Früher glaubten die Hirten, der Nebel könne ihre Tiere verschlucken. Darum entzündeten sie Feuer und wirbelten den Qualm dem Nebel entgegen, um ihn damit zu vertreiben."

„Bin ich froh, dass wir in einer aufgeklärten Zeit leben. Es ist wirklich ungeheuerlich, was die Menschen in früheren Zeiten alles glaubten. Vater hat mir letzte Woche vom Reisebuch des Ritters John Mandeville aus dem 14. Jahrhundert erzählt, das er gerade liest. Da stehen einem echt die Haare zu Berge, an was für Unfug die Menschen überall auf der Welt glaubten." Lucienne war richtig aufgekratzt. Wie immer freute sie sich über den Besuch ihrer Freundin. Wenn Ruth kam, bedeutete das immer interessante Neuigkeiten.

Und mit diesen ging es auch gleich weiter. „Jetzt wurde sich um die Obstbäume gekümmert, das heißt, man versah Frostrisse mit Weißanstrich oder brachte Leimringe gegen die Raupen an. Der Boden der Gemüsebeete wurde mit Mist gedüngt und die Zuckerrüben geerntet. Außerdem wurde der Futtermais gehäckselt und siliert und die Wintergerste gesät.

Am 16. Oktober ist St. Gallus – Schlachttag. Ab diesem Tag, so wusste man, verdarb Wurst und Fleisch nicht mehr so schnell. Es beginnt in den Alpen zu schneien und damit wird der Winter eingeleitet.

Am Lukastag, dem 18. Oktober, werden die Lukasfeuer entfacht. Auch die Zeit der Kartoffelfeuer beginnt.

Am 31. Oktober ist dann Samhain, Halloween oder das Mondfest. Aber davon morgen mehr.

Um noch mal auf die Kirchweih am dritten Oktoberwochenende zu kommen: Früher fanden ja die Kirchweihen den ganzen Sommer über von Mai bis in den Herbst hinein statt – immer um den Tag, der dem Heiligen vorbehalten war, dem die Kirche geweiht war. Es handelte sich dabei um ein Fest fürs ganze Dorf. Drei Tage lang, von Freitag bis Montag, hatten die Dienstboten frei und es gab Jahrmärkte, die sogenannten Kirwe, Kirmes, Kerb, Kirta oder Kilbi. Ein Teil unserer Jahrmärkte mit Karussell, Schiffschaukel, Kleider- und Schießbuden entwickelten sich aus diesem Brauch. Man sagt aber auch, das Ganze gehe auf Papst Gregor I. zurück, der Zelte und Lauben um die Kirchen aufstellen und festliche Mahle mit religiösen Bräuchen zu den Weihefesten der Kirchen ausrichten ließ.

Und da gibt es auch noch einen Spruch zur Kirchweih:

„Des Kirtas allerhöchster Glanz,
das ist und bleibt die Kirtagans.
Ein Kirta ohne Ganserlgruch,
waar des a Kirta? Des waar Bruch!"

„Das war wieder kurz und bündig. Manchmal wünsche ich mir, mal wirklich einen Tag in der früheren Zeit zu leben. Ich glaube, die Menschen damals verstanden noch wirklich zu feiern, wenn es Grund dazu gab." Lucienne sah verträumt vor sich hin. „Und dann will ich wieder heim und in meinem bequemen neumodischen Bett schlafen."

Die Freundinnen trennten sich ein weiteres Mal und Lucienne fiel wieder in einen tiefen, diesmal traumlosen Schlaf.

31. Oktober/ 1. November: Halloween und Allerheiligen

Bis Lucienne richtig bei der Sache war, waren sie und Ruth schon in einen Weg eingebogen, und ein Tag in einer anderen Zeit und in einem anderen Land nahm seinen Lauf.

„Wir sind doch hier nicht in Bayern? Die Landschaft sieht mir hier irgendwie anders aus." Lucienne war ein wenig unsicher.

„Nein, wir sind nicht mehr in Bayern. Ich dachte mir, es wäre das Beste, wenn wir dorthin gingen, wo der Brauch herkommt, der nun auch in den letzten Jahren nach Deutschland gekommen ist und sich hier immer größerer Beliebtheit erfreut."

„Heute ist der 31. Oktober, richtig? Also ist Halloween … dann sind wir jetzt in Irland?"

Ruth grinste ihre Freundin an. „Du solltest für Sherlock Holmes arbeiten. Vollkommen richtig! Aber jetzt sieh dir einfach an, was hier so alles los ist."

Shane wurde von seiner Mutter ermahnt, nun aber schnell die für ihn bereitgelegte grausige Maske überzustreifen. Er war gerade 12 Jahre alt und sollte zusammen mit seinen Geschwistern und Eltern zum großen Leuchtfeuer am Dorfanger gehen und dort die ganze Nacht lärmen, während die älteren Leute tanzten.

Irgendwie war ihm in dieser für ihn längsten Nacht des Jahres immer etwas mulmig. „Und wenn mich doch einer der Geister erwischt?" Seine Mutter sah ihn ernst an. „Du hast ja die Maske auf. Da wird dir schon nichts passieren. Bleib einfach in der Nähe der anderen."

Sie glaubten noch daran, dass an Samhain (Sommers Ende, von sam-fuin), dem ersten Tag des neuen Jahres (die Kelten begannen den neuen Tag nicht an Mitternacht, sondern bei

Sonnenuntergang), die Toten wanderten. Danach sollten sie alle ins Reich der Toten eingehen. Um die Toten nicht zum Verweilen einzuladen, wurden sämtliche Herdfeuer in den Häusern gelöscht. Dadurch schienen die Häuser recht ungemütlich. Also ging Shane doch mit und lärmte, so gut er nur konnte. Heute Nacht würde ihn niemand ermahnen, nicht so laut zu sein. Am Ende genoss er es doch, die ganze Nacht zu springen, zu schreien und zu trommeln. Auch wenn er aus Sicherheitsgründen immer ganz in der Nähe seiner Schwester blieb.

„Aus diesem alten Samhain, dem Jahreswechsel, ‚Tag außerhalb der Zeitrechnung' der Kelten mit den wandernden Toten, entwickelte sich mit der Christianisierung Halloween. Was nach einigen Quellen von All Hallows Eve kommt, dem Abend vor Allerheiligen. Andere behaupten, es kommt von Hels Abend, also dem Abend der Göttin des Todes und der Unterwelt. Aus Hel soll Frau Holle geworden sein, oder Holla – die uns ja schon begegnet ist – die mit 11.000 Elben umherzieht. Bei den Christen gibt es eine Entsprechung in Ursula mit 11.000 Jungfrauen auf Pilgerfahrt, deren Ehrentag der 21. Oktober ist." Und schon bogen die Freundinnen in einen anderen Weg ein. Sie befanden sich immer noch in Irland.

Niamh und Paul waren Geschwister, und beide freuten sich jedes Jahr wieder auf Halloween. An dem Abend trafen sie sich immer mit Freunden und zogen durch die Straßen. „Mami hat gesagt, wenn Aisling mit uns geht, dann brauchen wir keinen anderen Erwachsenen. Sie ist schließlich schon volljährig. Ist das nicht klasse?" Niamh tanzte durchs Zimmer.

Sie wollte dieses Mal eine besonders gruselige Hexe darstellen und Mami hatte genau die richtige Maske dafür gefunden. Bald waren die Kinder vollkommen entstellt mit ihren Masken und dunklen Kleidungsstücken. Sie hatten einige Dinge bei sich, mit denen man richtig gut Krach machen konnte.

Ihre Mutter legte noch letzte Hand an ihre ausgehöhlten Kürbisse mit den wunderbaren Fratzen und zündete dann die Kerzen darin an. Sie sollten am Gartentor und neben der Haustüre auf Besucher warten.

Gleich hinter der Türe befand sich eine riesige Schale mit Süßigkeiten und kleinen Spielsachen, die es zu verteilen galt. Ein letzter Blick auf ihre Kinder, eine Umarmung und „Ich wünsche euch viel Spaß!". Dann stießen die beiden zu der wartenden Gruppe und ihre Mutter hörte noch die halbe Strecke zur nächsten Ecke ihr Geschnatter.

Schon beim nächsten beleuchteten Haus auf einem kleinen Hügel klingelten die Kinder. Die Türe öffnete sich und alle schrien „Trick or treat". Die Dame in der Türe hatte nun zu entscheiden, ob sie lieber Süßes in die Taschen der Kinder füllen wollte oder es in Kauf nehmen sollte, einen Streich gespielt zu bekommen.

„Oh ihr Racker, dann doch gleich trick." Und damit schloss sich die Türe wieder. „Sie ist so lieb", schwärmte Niamh von der Frau, die sich bei den Kindern großer Beliebtheit erfreute. „Sie legt uns ja später doch eine ganze Menge Leckereien vor die Türe." Aisling lachte. „Das macht sie schon immer. Als ich in deinem Alter war, hat sie das Spiel auch schon gespielt. Und alle Kinder wussten es. Wir haben jedes Jahr versucht, uns gegenseitig mit einem besonders lustigen Streich auszustechen. Und nie ist jemand bösartig gewesen. Sie ist ja fast die Einzige, die uns eine Chance gibt, einen Streich zu spielen. Alle anderen haben Angst, wir machen etwas kaputt."

„Was hat dein Bruder denn vorbereitet?" Aislings Bruder Jake war ein Technik-Freak und hatte versprochen, etwas Besonderes für die nette Dame an der Ecke zu zaubern.

Zusammen mit seinen Freunden hatte er eine beinahe unsichtbare Leinwand im hinteren Garten aufgebaut und saß nun hinter einem Vorführgerät für Filme. Und nun hörte man die ersten richtig gruseligen Töne: heulende Wölfe, kreischende Vögel und Gespenster. Plötzlich flog ein geisterartiges Wesen vorbei.

Die Dame sah aus dem rückwärtigen Fenster und war ganz fasziniert, was sich die Kinder wieder für Arbeit gemacht hatten. Sie genoss die Vorstellung genauso wie ihre jugendlichen Besucher. Am Ende klatschte sie wie alle begeistert Beifall. Auch sie hatte heuer etwas Besonderes für ihre kleinen Strolche. So lag nun an Stelle von Süßigkeiten ein großes, wunderbar bemaltes Kuvert vor der Türe.

Paul fand das Kuvert. „Seht mal, heuer keine Leckereien …" Aisling nahm dem enttäuschten Knaben das Papier aus der Hand und entfaltete die Karte. „Nein, aber dafür etwas viel Besseres." Sie erhob ihre Stimme: „Hört mal alle: Wir sind eingeladen, nach unserer Runde hier zum großen Geister- und Hexenball zu erscheinen. Hier steht, dass unsere Eltern alle Bescheid wissen." Wie eine Explosion ertönte ein „Hurraaaa" aus allen Ecken des Gartens.

Diesmal fiel die Runde sehr kurz aus. Die Kinder hielten sich nicht lange auf in den Häusern. Aber keinem fiel auf, dass alle Leute wissend lächelten.

Es war nur den älteren Bewohnern der kleinen Stadt bekannt, dass das alte Herrenhaus mit der netten Dame über einen wirklich riesigen Ballsaal verfügte. Und niemand wusste, dass ihre Kinder, alle erwachsen und gute Musiker, gerade auf Schleichwegen zum Haus gelangten, um die Überraschung perfekt zu machen.

Langsam erloschen die Lichter in den schon von der Kinderschar „heimgesuchten" Häusern. Jedermann strebte dem großen Haus auf der Anhöhe zu.

Als die ganzen Jugendlichen und Kinder sich auf dem Dorfplatz versammelten, um gemeinsam den Geisterball zu besuchen, schienen alle anderen Menschen schon zu schlafen.

Die Türe des Herrenhauses stand einladend geöffnet und kleine Kerzchen und grinsende Kürbisgesichter wiesen den Kindern den Weg. Ganz begeistert wanderten sie durch eine große Eingangshalle zum rückwärtigen Teil des Hauses. Dort tat sich wie von Geisterhand eine Türe langsam auf und leise Musik erscholl.

Als sie den Tanzsaal betraten, glitzerte dieser von Hunderten von Kerzen. Die Musik wurde lauter und von allen Ecken kamen gruselige Gestalten herbei. Auf einer Bühne mit einer Art Thron saß eine herrlich verkleidete Hexe. Diese bat um Ruhe, und alle Geister erstarrten in der Vorwärtsbewegung und die Musik pausierte. „Meine lieben Freunde, ihr wollt doch wohl nicht die unschuldigen Kinder erschrecken. Sie sind heute meine persönlichen Gäste. Ihr dürft ihnen nichts zuleide tun. Und nun bitte ich um flotte Tanzmusik."

Die Musik setzte wieder ein und es wurde fleißig getanzt von Jung und Alt. Es wurde ein wunderbarer Abend für die Dorfbewohner. Und alle wünschten sich, jedes Jahr so einen herrlichen Abschluss des Halloweenfestes zu erleben.

„Eine oder zwei Fragen hätte ich da noch. Ist es richtig, dass Halloween der einzige Tag im Jahr ist, an dem sich die Iren verkleiden?" Lucienne war hingerissen von ihrem Erlebnis.

Ruth nickte. „Die Iren haben wie viele andere Landsleute keinen Fasching. Sie haben nicht so viele Möglichkeiten, sich als Prinzessin oder Pirat zu verkleiden wie die Bayern oder mit wunderschön verzierten Masken zu flanieren wie die Venezianer. Deine zweite Frage?"

„Ach ja, wie kam es eigentlich dazu, Kürbisse auszuhöhlen?"

„Da muss ich dich jetzt auf eine Legende verweisen:

Jack O'Lantern war ein ganz böser Mann, außerdem ein Trinker und Betrüger. Als er wieder einmal betrunken auf dem Heimweg war, kam ihm der Teufel in den Weg. Jack wollte dem Teufel seine Seele verkaufen für einen weiteren Drink.

Er bekam den Drink, lockte aber den Teufel auf einen Baum und ritzte ein Kreuz hinein, so dass dieser dadurch gefangen war. Als er nun später wirklich starb, erhielt Jack weder im Himmel noch in der Hölle einen Platz. Er musste also zwischen Himmel und Hölle herumwandern. Der Teufel gab ihm nur ein Stück glühende Kohle mit, das sich in einer ausgehöhlten Rübe befand.

Also glaubten die Menschen, dass man mit einer solchen Rübe Geister vertreiben kann. In Irland wurden auch Rüben für Laternen verwendet. Als die Iren nun auch in Amerika sesshaft wurden, fanden sie eine riesige Anzahl an Kürbissen und verwendeten diese.

Aber jetzt müssen wir noch auf den Friedhof. Ein anderes Wort für Friedhof?"

„Ähem, Gottesacker. Aber wieso müssen wir da denn auch noch hin? Das ist immer so langweilig. Erzähl doch einfach nur davon."

„Na gut. Also die Toten, so glauben die Menschen schon seit über tausend Jahren, kehren am Allerseelentag, also einen Tag später oder in der darauffolgenden Woche, angeblich auch körperlich dahin zurück, wo sie zu Hause waren. Daher schmückt man ihre Gräber und betet am Allerheiligentag für sie.

Früher wurden Seelenbrote und Seelzöpfe (nach dem alten Glauben hat die Seele nämlich in den Haaren ihren Sitz) vor die Türe gelegt. Da aber natürlich Tote nicht mehr essen können, haben sich die armen Leute der Gemeinde die Sachen abgeholt.

Um den Frieden der Toten nicht zu stören, wurden Arbeiten vermieden, die mit lauten Geräuschen verbunden waren. Der Seelenrosenkranz wurde gebetet und Wachsstöckel angebrannt oder dünne Kerzen, die Pfenniglichter. So wurde den Seelen im Fegefeuer Erleichterung gebracht. Sie sollen als Wegweiser in die Ewigkeit fungieren. Der Glaube, dass Gebete und Kerzen wirken, geht auf das Jahr 1563 zurück.

Weißt du eigentlich, dass schon im 4. Jahrhundert im Orient der Märtyrer gedacht wurde? Na ja, nicht immer und überall am selben Tag …

609 wurde von Papst Bonifaz IV. der Tag auf den 13. Mai festgelegt. Erst 836 legte Papst Gregor IV. den Gedenktag Allerheiligen auf den 1. November.

Und erst 998 wurde von Abt Odilio von Cluny Allerseelen eingeführt. Das ist der Tag, an dem man aller verstorbenen Gläubigen – eigentlich der Familienmitglieder – gedenkt.

Übrigens war dieser Tag bei den Kelten wohl ein beliebter Hochzeitstermin. Man konnte ein Eheversprechen für ein Jahr und einen Tag geben. Das heißt, man lebte in einer Ehe auf Probe – oder konnte ein solches Versprechen auch wieder lösen."

„Puh, das ist ja eine ganze Menge an Informationen, die ich erst mal verdauen muss." Lucienne war ganz froh, wieder zurück zu sein, und wünschte ihrer Freundin eine gute Nacht.

3. November: Hubertustag

Es würde ein goldener Herbsttag werden. Graue Nebelschwaden hingen in Bodennähe über den Feldern und die Sonne war nur verschwommen als heller, runder Fleck am Himmel zu erkennen. Nur zaghaft rissen die grauen Schwaden vor der Sonne auf. Dann schickte diese ihre strahlenden Boten zur Erde und tauchte sie in ein warmes Licht.

Tamara war nach dem Frühstück in den Stall gekommen. Sie holte ihr Pferd von der Koppel und putzte die Scheckstute ausgiebig. „Was musst du dich auch immer im größten Matsch wälzen. Und der ganze Dreck auch noch unter der Mähne, bis hinauf in die Ohren. Schäm dich, du Dreckspatz!"

Während des Gestriegeltwerdens kaute Kassandra zufrieden an einem Büschel Heu und ließ sich von den gutmütigen Tiraden ihrer Besitzerin wenig beeindrucken. Ab und zu hob sie ihren Kopf und sah kurz auf Tamara, bevor sie ihre Kaubewegungen wieder fortsetzte.

Endlich sah das Pferd wieder zivilisiert aus und konnte gesattelt werden. Tamara schloss noch die Trense und stieg dann auf. Ihr Weg führte sie durchs Dorf und zu den umliegenden Feldern. Dort in der Weite bis zum Fluss gab es nur ein paar einzelne Büsche und sehr wenig Baumbestand.

Umso beeindruckender war der Dunst, der über den Wiesen und frisch geackerten, braunen Feldern lag. Nun zeigte sich auch immer öfter die Sonne, deren Strahlen sich über den Nebel hermachten und ihn langsam immer bestandsloser machten. Die Luft war kalt und schmeckte nach feuchter Erde und Gras.

Kassandra genoss anscheinend die Stunde genauso wie ihre Reiterin. Sie trabte federnd und mit langen Schritten, jedoch ohne ihre sonstige Eile, über die Feldwege.

Als sie einen Großteil der Strecke bereits hinter sich hatten, tat sich seitlich des Weges ein Gewirr aus Büschen und Schilf auf, das fast immer Überraschungen für Pferd und Reiter bot. Auch dieses Mal eilte ein Fasan in das schützende Schilf und ein paar Rebhühner verkrochen sich trotz ihrer scheinbaren Trägheit schnell zwischen den Gräsern.

Nur wenige Meter vor Kassandra brach ein noch junges Reh aus dem Dickicht und setzte über den Weg. Tamara parierte ihr Pferd durch.

Am Wegrand blieb das Reh kurz stehen, sah sich um, als ob es noch jemanden erwartete, blickte auf Pferd und Reiterin und kehrte mit einem raschen Satz wieder in das schützende Schilf zurück. Gleich darauf sah Tamara zwei Rehe aus den hinteren Reihen des Dickichts ins freie Feld laufen.

Nach diesem kurzen Zwischenfall spornte Tamara ihre Stute wieder zu einer schnelleren Gangart an. Allerdings nicht lange, denn nach der nächsten Wegbiegung sah sie in einer Entfernung von etwa 300 Metern eine ganze Herde von Rehen grasen. Um diese – es waren an die 30 Stück – nicht aufzuschrecken, ließ die junge Frau ihr Pferd nur im Schritt bis zu ihrer Abzweigung gehen.

Sie konnte beobachten, wie sich ein Teil der Tiere von der Herde trennte und seitlich weglief. Doch dies war keine wilde Flucht, sondern wirkte eher wie ein Spiel.

„Sieh mal, Kassandra, eines läuft wie gejagt voran, die anderen setzen mit Abstand hinterher. Dann bleibt der Anführer stehen und wartet auf den Rest.

Und zurück wieder fast genauso. Schau, wie nah wir schon an der Herde sind. Und da meinen immer wieder ein paar unwissende Jäger, dass wir mit unseren Pferden das Wild verscheuchen! Das sollte mal einer von denen sehen – wo doch heute sogar noch St. Hubertustag ist!

Ach, ist das traumhaft! Strahlender Sonnenschein, frische Herbstluft, auf dem Rücken eines Pferdes und dann auch noch die beste Aussicht auf spielende Rehe! Wie könnte dieses Leben schön sein – und wir machen es uns selbst so schwer mit Arbeit, tausend Verpflichtungen und so weiter." Ein Prusten seitens Kassandra ließ Tamara innehalten.

„Hast ja recht. Wir haben heute Wochenende und im Moment müssen wir wirklich keinen Gedanken an die unangenehmen Dinge des Lebens verschwenden."

Singend setzte Tamara auf ihrer lieben Stute ihren Weg fort und bald waren sie wieder zurück im Stall. Während Tamara noch alles aufräumte und die Stallgasse fegte, buckelte Kassandra zusammen mit ihren Freundinnen in purer Lebensfreude über die große Koppel hinter dem Gebäude.

„Heute ist also St. Hubertus. Da begann in früheren Zeiten die Großjagd. Der heilige Hubertus war ein Jäger, der tagaus tagein am liebsten auf die Jagd ging. Sogar sonntags ließ er das Vieh nicht in Ruhe. Als er wieder an einem Sonntag auf der Jagd war, schickte ihm Gott einen weißen Hirsch mit einem Kreuz zwischen dem Geweih. Nach diesem Erlebnis heiligte Hubertus den Sonntag wieder und ging an dem Tag des Herrn nicht mehr auf die Jagd."

Lucienne überlegte kurz. „Nach dem Mann im Mond und Hubertus fragt man sich doch, ob es heute keinen Gott mehr gibt. In immer mehr Ländern der Welt wird am Sonntag mehr und mehr gearbeitet. Geschäfte sind geöffnet und es ist für viele Menschen ein ganz normaler Arbeitstag. Warum erscheint eigentlich denen allen nichts?"

„Gute Frage. Aber die kann ich dir nicht beantworten. Vielleicht haben sie ja hin und wieder Erscheinungen und können diese aber nicht deuten." Ruth schien auch etwas nachdenklich. Gemeinsam machten sich die beiden Freundinnen auf den Rückweg und verabschiedeten sich – beide noch in Gedanken.

6. NOVEMBER: LEONHARDIRITT

Ruth und Lucienne hatten sich wieder im Tal der Träume getroffen. Zuerst unterhielten sich die beiden Freundinnen nur über dies und das. Lucienne erzählte von ihren Freundinnen und Ruth ihrerseits sprach über ihr Leben. „Und jetzt würde ich gerne von dir wissen, warum die Pferde manchmal so wahnsinnig aufwändig geschmückt werden zu Leonhardi", ermunterte Lucienne Ruth. Sie entschieden sich für einen Weg einige Zeit zurück.

Magdalena ging am Morgen des 6. November in den hinteren Hausgarten und suchte sich die schönsten Blumen heraus, die sie für den Schmuck verwenden wollte. Sie wollte nur gelbe Blüten und etwas Grün nehmen. Zum Glück waren einige der geschützt stehenden Rosen noch nicht dem kürzlich auftretenden Frost zum Opfer gefallen.

Schon am Vortag hatte sie das Festtagsgeschirr der beiden Kutschpferde und die schönste Trense ihres Rapphengstes auf Hochglanz poliert. Vater hatte in der Zeit die Kutsche gesäubert. Nun hatte sie ganz früh am Tag schon den Schmuck für die Kutsche und die beiden schokobraunen Stuten gefertigt, und ihre Mutter war gerade dabei, das Gefährt zu dekorieren.

Geschickt band Magdalena auch den Schmuck für ihr Pferd. Sie hatte ihrem Enbarr, was so viel wie „prächtige Mähne" heißt und aus dem Gälischen kommt, schon die Mähne wie ein großes Netz geflochten. Das war eine Menge Arbeit gewesen. Vor allem, weil der Bursche einfach nicht stillhalten konnte. Aber es lohnte sich sicherlich!

Ein alter Glaube wusste zu berichten, dass sich in dem Flechtwerk und dem reichen Schmuck von Mähne und Schweif die bösen Geister verirren und die grellen Farben der Blumen oder des restlichen Schmuckes diese abschrecken würden. Auch das rote Drudentuch oder der scharfe Geruch von Dachsfell soll Dämonen abwehren. Aber man muss ja nicht alles auf einmal verwenden.

Magdalena lächelte bei dem Gedanken, dass sie gerade vor einem Jahr eine blanke Kupferscheibe für das Zaumzeug ihres Pferdes von der Mutter erhalten hatte, um damit Hexen abzuwehren. „Wenn so eine hineinschaut und ihre Scheußlichkeit erblickt, erschrickt sie fürchterlich und flieht", hatte die Mutter ernst erklärt. Magdalena hatte zwar noch nie mit Hexen oder Geistern zu tun gehabt, konnte aber deren Existenz nicht leugnen. Deshalb gab sie schon etwas auf die alten Bräuche, auch wenn sie nicht mehr recht daran glauben wollte.

So freute sie sich jedes Jahr wieder, die mit einer Eisenkette umgürtete Kirche (zum Schutze des heiligen Bezirks) am Namenstag des heiligen Leonhard – des Eisenmannes – zu sehen. Und all die geschmückten Pferde und herausgeputzten Menschen. Alle in Feiertagslaune. Es war einfach wunderbar, dazuzugehören. Und anders als in verschiedenen anderen Gemeinden war es hier bei ihnen auch Frauen erlaubt, die Pferde zur Segnung zu reiten.

„Magda, bist soweit?", hörte sie ihren Vater rufen, als sie den Sattelgurt noch einmal festzurrte. Sie führte ihren Enbarr um die Ecke und ließ sich vom Vater in den Sattel helfen. Schmuck sah sie aus mit ihrem Reitkleid und dem passenden Hut. Natürlich alles in gelb-schwarzem Tuch – die Farben ihrer Familie.

Magdalena ritt neben der Kutsche ihrer Eltern her zur Wiese am Ende des Ortes, in dem die Kapelle stand, die Leonhard geweiht war. Dort sammelten sich alle Pferdebesitzer mit ihren geschmückten Tieren. In einem festlichen Zug ging es zur Kirche hin.

Die Vierbeiner wurden vom Pfarrer gesegnet. Dann wurde eine Messe abgehalten. Damit auch jeder alles verstand, ging dies im Freien vonstatten. Der Zug zurück führte durch den Ort. Dort waren die „Goaßlschnalzer" am Werk. Sie sollten die bösen Geister aus dem Dorf verbannen. Das war ein Getöse! Manche Pferde wurden sehr nervös bei dem Lärm und versuchten erschreckt, durchzugehen. Aber Enbarr blieb ganz ruhig.

Bald nach der Pferdesegnung waren Magdalena und ihre Eltern wieder auf dem Rückweg in ihr Gehöft. „Schön war's wieder." Ihre

Mutter hatte verträumte Augen. „Ja, diese herrlichen Pferde und der hübsche Schmuck." Ihr Vater sah zu Magdalena auf „Aber du hast mir am besten gefallen mit deinem glänzenden Rapp."

11. November:
Sankt Martin

„Sankt Martin, Sankt Martin,
Sankt Martin ritt durch Schnee und Wind,
sein Ross, das trug ihn fort geschwind.
Sankt Martin ritt mit leichtem Mut,
sein Mantel deckt ihn warm und gut.

Im Schnee saß, im Schnee saß,
im Schnee da saß ein armer Mann,
hatt' Kleider nicht, hatt' Lumpen an.
„O helft mir doch in meiner Not,
sonst ist der bittre Frost mein Tod!"

Sankt Martin, Sankt Martin,
Sankt Martin zog die Zügel an,
das Ross stand still beim armen Mann.
Sankt Martin mit dem Schwerte teilt
Den warmen Mantel unverweilt.

Sankt Martin, Sankt Martin,
Sankt Martin gab den halben still,
der Bettler rasch ihm danken will.
Sankt Martin aber ritt in Eil
Hinweg mit seinem Mantelteil."

Lucienne konnte das Lied noch auswendig. Schließlich hatte sie es heute schon einmal gesungen. Und zwar am Sankt-Martins-Umzug. „Wie war das heute alles? Erzähl doch mal", forderte Ruth sie auf.

„Also, zuerst trafen sich alle Kinder mit Laternen und Eltern sowie Feuerwehrleute und Blaskapelle an der Schule. Da war ganz schön was los. Alle Straßen rundherum zugeparkt und Hunderte von verzweifelten Müttern und Vätern, die versucht haben, die meist selbstgebastelten Laternen wenigstens heil zu erhalten, bis der Zug begann.

Selbstverständlich war die Straße von der Polizei gesperrt. Um die festgelegte Zeit setzte sich dann der Zug in Bewegung. Die

Kapelle spielte Martinslieder und alle sangen mit. Sogar die jungen Feuerwehrleute, die den Zug mit Fackeln begleiteten.

Am Festplatz brannte schon ein großes Feuer. Rundherum war in einem Kreis ein Band gespannt. Davor gruppierten sich dann alle Leute. Dann kam ein Römer auf einem großen Schimmel dahergeritten. Von einer anderen Seite sah man einen Bettler auf ihn zugehen. Als die beiden aufeinandertrafen, sprachen sie miteinander. Ich verstand aber nichts. Jedenfalls zückte der Reiter – natürlich St. Martin – sein Schwert und schnitt damit seinen Mantel in zwei Teile. Den anderen Teil gab er dem armen Mann, der eine glückliche Miene machte und wieder ging.

Nach einer Weile bewegte sich der Lichterzug singend und Laternen schwingend wieder zurück zum Ausgangspunkt.

Dort wurden dann vom Bäcker an alle Kinder Martinswecken in Form eines Teigmannes mit Rosinen als Augen verteilt. Das war's dann auch schon."

Ruth überlegte kurz. „Gut, dann gehen wir diesen Weg hier. Der führt in eine frühere Zeit in Bayern, als die Leute noch von der Landwirtschaft lebten."

Martina freute sich. Heute war ihr Namenstag, der immer groß im Kreise der Familie gefeiert wurde. Überhaupt war dies der wichtigste Tag in jedem Jahr für sie – nach Weihnachten.

Und außerdem war ja auch Martinstag. Das bedeutete meist, dass Mutter eine Gans briet. Und heute roch sie schon den Braten im Ofen.

Die Landwirtschaft hatte reiche Ernten erwirtschaftet dieses Jahr. Und heute würde sich zeigen, wie groß die Ausbeute wirklich war. Denn am Martinstag mussten ihre Pächter die Pacht zahlen und Vater erhielt die Zinsen für ein paar kleinere vergebene Darlehen.

Alle Knechte und Mägde wurden entlohnt. Aber es sollte doch einiges übrig bleiben in diesem Jahr.

Sie saß mit ihrer Tante und zwei Großmüttern am Tisch und hörte sich Geschichten aus älteren Tagen an. Nach dem Braten wurde dann noch ein Kuchen angeschnitten und Martina war so richtig zufrieden.

Sie hörte die Stimme ihrer Mutter. „Komm, Martina, auch wenn heute dein Ehrentag ist, würde ich es gerne sehen, wenn du die Gaben für die Kinder fertig machen würdest."

Martina kam zu ihr. „Natürlich. Wird sofort erledigt!" Sie nahm einen kleinen Korb mit Eiern aus der Speisekammer, holte kleine Würste aus der Räucherkammer und ließ sich von ihrer Mutter ein wenig Geld geben.

Und am späten Nachmittag, als es schon anfing zu dunkeln, sah Martina die ersten Fackeln auf ihren Hof zukommen. Die Kinder der Gegend kamen meist grüppchenweise. Martina gab jedem ein Ei, eine Wurst und einen Martinspfennig, weil Vater gesagte hatte: „Heuer haben wir nicht zu klagen. Also können wir auch andere beschenken."

Martina selbst bekam eine neue Brosche von ihrer Mutter und als Martinsgeschenk die üblichen Bonbons, Schokolade, Nüsse und Äpfel und dazu noch selbstgebackene Biskuits von der Köchin.

„Und wer war St. Martin nun eigentlich? Das hab ich nämlich schon lange wieder vergessen", fragte Lucienne ihre nächtliche Freundin auf dem Rückweg.

„Martin war ein römischer Soldat. Als solcher kam er nach Frankreich. Und als er zum christlichen Glauben übertrat, wurde er sogar Bischof von Tours. Es ranken sich so einige Legenden um ihn.

Zum Beispiel auch die Geschichte, dass er sich im Gänsestall versteckt haben soll, um sich der Wahl zum Bischof zu entziehen. Aber Gänse sind nun mal gute Wachhunde, und die gaben sofort Laut. Deshalb wird Martin auch manchmal mit einer Gans dargestellt.

Ist dir eigentlich aufgefallen, dass wir hier einen Schimmelreiter haben? Kannst du dich noch an den anderen erinnern?" Lucienne blickte ihre Freundin zuerst fragend an, dann erhellte

sich ihr Gesicht. „Du meinst wohl Wotan mit seinem Sleipnir?"
Ruth schien sehr zufrieden. „Ja, genau den meine ich. In der westfälischen Gegend gibt es einen Schimmelreiter, den wilden Jäger Hackelberend (auch Hackelberg). Er wird auch als Mantelträger bezeichnet. Womit sich der Kreis zum Martin schließt, der auf einem Schimmel reitend seinen Mantel teilt."

„Sag mal, Ruth, irgendwie scheinen Pferde im christlichen Brauchtum eine recht herausragende Rolle zu spielen. Wie kommt es, und welche Pferdeheiligen gibt es eigentlich?"

„Das ist eine gute Beobachtung. Ja, schon vor der Christianisierung erfuhren Pferde eine überwältigende Wertschätzung. Und diese Wertschätzung floss auch in die christlichen Bräuche mit ein. Du musst bedenken, dass Pferde als Fortbewegungsmittel einen unschätzbaren Wert hatten. Nein, nicht als Arbeitstiere. Das kam erst später. Zur Feldarbeit wurden jahrhundertelang nur Ochsen eingesetzt. Diese wurden auch vor Karren gespannt. Pferde waren Reitern oder edlen Kutschen vorbehalten. Ein Statussymbol. Schon unter Papst Gregor dem Großen um 600 gab es zahlreiche Pferdeheilige. So wurden Hippolytus, Georgius, Leonardus, Martinus, Eligius, Mauritius und Stephanus als Schutzpatrone der edlen Tiere gefeiert."

„Und ich wette, dass jeder von ihnen einen Schimmel ritt! Zumindest werden Georg, Martin und Wotan immer mit einem weißen Pferd dargestellt. Kann es sein, dass ich sogar Nikolaus schon mit einem Schimmel gesehen habe?"

Ruth war beeindruckt. „Ja, natürlich hast du den Hl. Nikolaus schon auf einem Schimmel reiten sehen. Also hast du den Link zu Wotan, dem Schimmelreiter, sowieso schon gefunden. Genau darauf wollte ich nämlich hinaus. Wotan ist nicht nur mit der wilden Jagd unterwegs, sondern immer wieder während des Jahres in etwas anderer Gestalt."

30. NOVEMBER: ANDREASTAG

„Hallo Ruth, für Nikolaus kommst du aber ein paar Tage zu früh. Oder gibt's wieder so einen wichtigen Heiligen?" Lucienne war ganz überrascht, ihre Traumfreundin diese Nacht zu sehen. Ruth kicherte. „Na, endlich hab ich es mal geschafft, dich zu überraschen. Für jeden Tag im Jahr gibt es irgendeinen mehr oder weniger wichtigen Heiligen. Heute will ich dir etwas erzählen über den Andreastag." Lucienne sah sie zweifelnd an. „Ist da was Besonderes?"

„Ja, Andreas war der erste Apostel von Jesus. Man weiß von ihm nicht viel. Sicher ist, dass er Fischer war und in Patras gekreuzigt wurde. Und zwar an einem Kreuz mit schrägen Balken, dem sogenannten Andreaskreuz.

Um den Tag ranken sich so einige Geschichten. Zum Beispiel, dass man heute Weichselzweige schneiden soll. Diese stellt man dann ins Wasser, um damit in der Christnacht Hexen zu erkennen." „Aha, und woran erkennt man dann eine Hexe? An der großen Nase oder der Warze oder was sonst?"

„Kluge Frage. Natürlich haben Hexen in der Christnacht der Legende nach ein hölzernes Gefäß auf dem Kopf." „Natürlich, was auch sonst", witzelte Lucienne, „dass mir das nicht gleich eingefallen ist …" Ruth musste lachen. „Hast ja Recht, ist wirklich – wie man in Bayern so schön sagt – ein hausg'machter Schmarrn."

Nach einer kleinen Pause sprach Ruth weiter. „Andreaszweige von Apfel-, Birn-, Kirsch-, Pflaumen- oder Rosskastanienbaum oder von den Sträuchern des Holunders, der Himbeere, Johannisbeere oder Stachelbeere sollte man um 18:00, 21:00 und/ oder 24:00 Uhr schneiden. Die Zweige hast du dann schweigend und ungesehen zu schneiden, drei mit je einem farbigen Band zu kennzeichnen. Für jede Farbe ein Wunsch. Wenn der Zweig an Weihnachten blüht, geht dein Wunsch in Erfüllung."

„Gut, dann sind wir ja noch nicht zu spät dran. Aber damit kann man ja wohl keine Hexen erkennen. Hoffentlich sehen die wenigstens nett aus."

„In früherer Zeit zogen die Kirchgänger ab dieser Nacht mit Hammer und Besen gegen das Böse. Mit Glocken und Knarren wurde gelärmt und Wände und Türen wurden abgeklopft. Drum spricht man auch von den Klöflesnächten. Hierzu gibt es auch den Ausdruck Klöpfelnächte, vom Anklöpfeln. Ursprünglich war das ein weltlicher Orakelbrauch. Klopfte man zum Beispiel zur richtigen Zeit an eine Stallwand, konnte man unter Umständen die Tiere über die Zukunft sprechen hören. Irgendwann wurde der Brauch ins Christentum übernommen. In manchen Regionen durften diesen Brauch nur Jungen und Männer durchführen. Bei den meist vermummten Gestalten ging es oft darum, Gaben einzuheimsen. Heutzutage lebt der Brauch der Anklöpfelns oder Anklöckelns wieder auf. Die wichtigen Elemente dabei sind die Segens- und Glückwünsche an die Hausleute, die Bewirtung der Klöpfler oder deren Beschenkung (zum Beispiel mit Kletzenbrot) und mancherorts das Rezitieren von Versen beider Parteien.

In manchen Regionen gehen Kinder zum Anklöpfeln in den Abendstunden der letzten drei Donnerstage vor Weihnachten. Anderswo wird der Brauch auch Kletz-kletz-gehen genannt und vor dem letzten Donnerstag vor Weihnachten wird gewarnt. Da solle der Teufel mitgehen, weshalb man diesen Tag meidet.

Selbstverständlich gibt es auch spezielle Lieder für diesen Brauch, zum Beispiel das ‚Klöpfiliad‘ aus der Sammlung Oberbayerischer Volkslieder vom Kiem Pauli, ‚Grüaß enk alle miteinand‘ aus ‚Grüaß enk alle miteinand‘ von Fritz Hergott, herausgegeben vom bayerischen Landesverein für Heimatpflege, ‚Anklöpfeln‘ aus ‚Annamirl Zuckerschnürl‘ von Wastl Fanderl, ‚Angerer Kletzeilied‘ aus Adventsspiele aus dem Berchtesgadener Land, von Anna Kangler aus Anger, ‚Jetzt san halt scho wieder mir Anklöpfer da‘, Anklöpflied aus dem Brixental. Entnommen dem Heft ‚Wir ziehen daher, so spät in der Nacht‘, herausgegeben vom Volksmusikarchiv Bezirk Oberbayern. ‚Jetzt ist halt schon die Klöapfelzeit‘ aus ‚Wir ziehen daher so spät in der Nacht‘, herausgegeben vorn Volksmusikarchiv Bezirk Oberbayern und andere.

November

„Ich weiß was! November kommt aus dem Lateinischen Wort für neun. Weil nämlich der November nach dem römischen Kalender der neunte Monat war." Lucienne strahlte Ruth an.

„Wow. Ich bin richtig beeindruckt. Aber es gibt auch für diesen Monat alte deutsche Bezeichnungen. Und zwar Nebelmond oder Nebelung, Windmond oder Wintermond. Und ein anderer Autor gibt an, dass es der Monat der Wahrsagung und der Visionen ist. Außerdem nannten ihn die Angelsachsen den Blutmonat, wahrscheinlich, weil um diese Zeit die Rinder für den Winterbedarf geschlachtet wurden.

Der erste Tag des Monats ist Allerheiligen, gleich danach folgt Allerseelen, an dem aller Verstorbener gedacht wird, nicht nur der Heiligen. Am 1. November werden die Gräber der Toten mit Blumen und Lichtern geschmückt. Diese Tradition vom Totengedenken – der Märtyrer – reicht im Osten sogar ins 4. Jahrhundert oder weiter zurück. Allerdings war der Tag nicht einheitlich, wurde dann von Papst Bonifaz 609 auf den 13. Mai gelegt, und erst Papst Gregor IV. bestimmte im Jahre 835 den 1. November als einheitlichen Gedenktag ‚Allerheiligen'. Das erste Mal wurde Allerseelen von Abt Odilo von Cluny am 2. November 998 gefeiert.

Nach einem alten Glauben verlassen die Seelen der Toten ab Mittag das Fegefeuer. Sie besuchen ihre alten Behausungen bis zum Angelusläuten (Mittagsläuten) am folgenden Tag. Darum stellte man früher auch eine Wegzehrung aufs Grab. Das waren meist Brot und Wein. Kindern, die an Allerheiligen geboren werden, sagt man nach, dass sie die Geister sehen können. Es werden nachmittags Prozessionen zum Friedhof abgehalten, wo die Gräber mit Weihwasser gesegnet werden. In manchen Gemeinden läuten abends die Glocken für eine Stunde.

An Allerseelen gibt es auch Prozessionen, und viele Menschen gehen nochmals zum Friedhof. In manchen Ortschaften besuchten an dem Tag die Kinder die Gräber und schauten, ob sie vielleicht Münzen im Gras fanden, die die Verstorbenen hingelegt hatten. Von dem Geld kauften sie dann die Seelenbrezeln. Des Weiteren gab es Seelenwecken und Seelenzöpfe.

An Allerseelen müssen die Menschen aufpassen, dass kein Messer im Haus mit der Schneide nach oben liegt, weil sonst die armen Seelen sich daran schneiden können. Keine Tür darf man fest zuschlagen, weil man ja eine arme Seele einklemmen könnte. Leere Pfannen auf dem Ofen könnten das Verbrennen einer armen Seele bedeuten und die Zinken der Rechen mussten immer nach unten gerichtet sein.

Am 3. November ist St. Hubertus. Und ein paar Tage darauf, am 6., wird das Fest des heiligen Leonhards gefeiert. Ursprünglich war er ja der Schutzpatron für die Gefangenen und auch für die Geisteskranken. Für die Errettung der Königin erhielt er von Chlodowig ein Waldstück, wo er das Kloster Noblat bei Limoges baute. Er starb ca. 559, und seitdem kommen viele Pilger zum Kloster. Heute ist Leonhard der Schutzpatron des Viehs, besonders der Pferde. In Kreuth lässt sich der Brauch der Leonhardiritte oder -fahrten zu einer Leonhardikapelle bis ins Jahr 1469 zurückverfolgen.

Es ist jetzt Zeit, für genügend Brennholz zu sorgen, damit man im Winter nicht frieren muss. Da gibt es ein Gedicht von einem unbekannten Verfasser, das vieles über die Holzarten und deren Brennqualität erzählt:

Buche brennt schön heiß und klar, lagert man die Scheit'
ein Jahr.
Die Kastanie brennt nur gut, hat sie viele Jahr' geruht.
Birke, Fichte brennt zu schnell, hält nicht vor und flammt zu hell.
Esche braun und Esche grün wärmt das Schloss der Königin.
Eichenscheite, gut gedorrt, treiben Winters Kälte fort.
Pappel brennt mit bittrem Rauch, beißt im Aug', ist rußig auch.
Rüster (Ulme) stiebt wie Friedhofsstaub, selbst die hellste
Flamm ist taub.
Apfel duftet durch das Haus, Birne strömt Aroma aus.
Esche trocken oder nass wärmt des Königs Hausgelass.

Zwischen St. Georg (23. April) bis St. Martin (11. November) übten meistens die Hirten ihr Amt aus.

Der Martinstag war für viele Menschen die letzte Gelegenheit, noch einmal richtig zu schlemmen, bevor das adventliche Fasten begann. Da war die Martinsgans genau das Richtige.

Außerdem war der Zahltag für Pacht und Zinsen. Mägde und Knechte wurden dazu auch noch entlohnt. Reiche Gutsherren hatten da natürlich einen guten Tag. Darum zogen die Kinder der Gemeinden zu ihnen und erhielten dann Eier, Wurst oder den sogenannten Martinspfennig.

Na ja, und Auftakt zur Karnevalszeit ist ja auch. Am 11.11. um 11:11 Uhr beginnt die närrische Zeit – außer natürlich in Bayern. Und dazu begann die Licht- und Spinnstubenzeit. Um eine Wärme- und Lichtquelle für viele zu nutzen, trafen sich die Leute immer reihum in einem Haus, wo neben der handwerklichen Arbeit auch soziale Kontakte vertieft und Partnerschaften angebahnt wurden und sich beim Nachhauseweg ‚im Dunkeln gut munkeln' ließ. Der Schwabe sagt dazu: Weit heim – lang schee!

Am Mittwoch vor dem Totensonntag ist dann noch der Buß- und Bettag, der früher auch in Bayern ein Feiertag war. Das Fest der hl. Elisabeth am 19. November war früher für viele der Anlass, etwas von den eigenen Vorräten an Arme und Bedürftige abzugeben. Es handelt sich also um einen Tag der Nächstenliebe.

Der Toten- oder Ewigkeitssonntag fällt immer auf den letzten Sonntag vor dem 1. Advent. Es ist ein evangelisches Fest zum Andenken an die Toten, an dem die Gräber geschmückt werden.

Am Cäcilientag am 22. November waren immer Vorleseabende und Hausmusik. Die Cäcilie ist nämlich seit dem 15. Jahrhundert die Patronin der Kirchenmusik, der Dichter und der Musiker.

Am Katharinentag beginnt die vorweihnachtliche Fastenzeit und die Zeit zum Plätzchenbacken. Das ist der 25. November. An dem Tag bzw. am Sonntag vorher wurde übrigens das letzte fröhliche Fest vor Weihnachten gefeiert. Vielleicht hast du schon einmal den Spruch gehört: Kathrein stellt den Tanz ein. Nach dem letzten Tanzabend zu Ehren der hl. Katharina (eine der drei Madln) wurde ein letztes Mal getanzt, bevor die Fastenzeit vor Weihnachten begann.

Und weil wir gerade beim Tanzen sind, noch etwas dazu. Früher gab es im Bauernjahr feste Tanzzeiten: Dreikönig bis zum Faschingsdienstag, Ostermontag bis zu den Feldbittgängen und von Kirchweih bis Kathrein. Wobei traditionell die meisten Bitt-

oder Flurprozessionen in der Woche um Christi Himmelfahrt stattfinden.

Am 31. November kommt dann noch der Andreastag. Die Andreasnacht war Losnacht, was von Losen = Wahrsage, Vorhersage kommt. Es gibt abergläubische und scherzhafte Heirats- und Liebesorakel an dem Tag. Zum Beispiel das Apfelorakel: Ein Mädchen hat einen Apfel so zu schälen, dass die Schale ein langes Band bildet. Dieses wirft es hinter sich. Wenn ein Buchstabe zu erkennen ist, ist das der erste Buchstabe im Namen des Zukünftigen. In einer anderen Gegend tranken die Mädchen zwei Becher Wein als Schlaftrunk und hofften, dann vom Liebsten zu träumen. Es gibt da noch unzählige weitere Orakel.

In manchen Gegenden war der Andreastag ein Schlachttermin. Als ursprüngliche Nacht des Kirchenjahreswechsel kann man die Bedeutung der Andreasnacht ungefähr mit der jetzigen von Silvester vergleichen. Da gab es auch das heute noch bekannte Bleigießen.

Wenn du heiraten willst, musst du den Andreas an seinem Namenstag am Abend um einen Mann bitten.

Und: Wenn es an Andreas schneit, der Schnee hundert Tage liegen bleibt."

„Das war aber heute ganz schön viel. Und da meint man immer, in der kalten Jahreszeit ist nichts los."

5./6. Dezember: Sankt Nikolaus

„Lasst uns froh und munter sein
und uns recht von Herzen freu'n!
Lustig, lustig traleralera! Bald ist Nikolausabend da!"

sang Lucienne fröhlich. Ruth stimmte in das Lied mit ein.

„Dann stell' ich den Teller auf, Niklaus legt gewiss was drauf.
Lustig, lustig traleralera! Bald ist Nikolausabend da!

Wenn ich schlaf', dann träume ich:
Jetzt bringt Niklaus was für mich.
Lustig, lustig traleralera! Bald ist Nikolausabend da!

Wenn ich aufgestanden bin, lauf ich schnell zum Teller hin.
Lustig, lustig traleralera! Bald ist Nikolausabend da!

Niklaus ist ein guter Mann,
dem man nicht genug danken kann.
Lustig, lustig traleralera! Bald ist Nikolausabend da!"

Nach dem fröhlichen Gesang begann Ruth zu erklären.

„Du hast es erfasst. Heute ist zwar erst der 5. Dezember, aber du hast wohl schon erraten, weshalb ich heute hier bin. Bevor wir also eine richtig nette Nikolausfeier besuchen, würde ich dir gerne etwas über den guten Mann erzählen."

„Ja, ich weiß schon. St. Nikolaus war Bischof von Myra. Er hat der Legende nach unerkannt Kinder beschenkt."

„Ja, so ähnlich. Myra liegt in der heutigen Türkei. Und gelebt hat Nikolaus Ende 3./Anfang 4. Jahrhundert, als unter Kaiser Diokletian noch die Christen verfolgt wurden. Er selbst wurde ja auch eingekerkert.

Angeblich hat er Menschen aus Seenot gerettet und einmal drei Mädchen Goldklumpen ins Zimmer geworfen, um sie vor dem Bordell zu retten. Aus dem Grund wird er auch oft mit drei Äpfeln oder Kugeln dargestellt. Heute wird der Heilige wirklich vom Nordpol bis in die Antarktis verehrt.

Zur Zeit der Kreuzzüge verbreitete sich wohl der Nikolausglaube am weitesten. Um 1300 erkennt man Nikolaus mit Krampus oder Knecht Ruprecht, die mit ihren Ruten die bösen Kinder züchtigen. Diese Ruten waren ursprünglich keine Zucht-, sondern Lebensruten. Die Berührung damit sollte Fruchtbarkeit und Segen bringen. Die Reformation verwarf Nikolaus und setzte das Christkind als Gabengeber ein. Seither kommen zu den braven katholischen Kindern in Bayern beide: St. Nikolaus und das Christkindl. Übrigens werden die Kinder in einigen Regionen schon am Vorabend des Nikolaustages beschenkt – genau wie an Weihnachten."

„So, und jetzt müssen wir los. Komm mit." Ruth hakte sich bei Lucienne unter und dirigierte sie auf einen Weg. Kaum waren sie an ihrem Bestimmungsort angekommen, sprang Lucienne auch schon rückwärts und riss Ruth mit sich, so dass sie beinahe fielen.
„Sind die hässlich!"
„Schön schaurig, nicht wahr?", lächelte Ruth. „Kannst du dich noch an den Krampus erinnern? Hier gibt es seinesgleichen gleich zuhauf!" Sie befanden sich am Abend eines 5. Dezember auf der Hauptstraße einer österreichischen Gemeinde. Am Straßenrand standen unzählige Zuschauer und warteten in der Eiseskälte auf das Spektakel, das sich ihnen bieten sollte.
Und gerade zog auch mit dröhnenden Lautsprechern und gruseliger Musik gemeinsam mit dem Nikolaus eine Pass Krampusse ein.
Die hölzernen Masken mit den geschnitzten Fratzen waren eine scheußlicher anzusehen als die nächste. Fast alle hatten sie Tierhörner an der Stirn angebracht, welche das Aussehen der Gestalten noch bedrohlicher wirken ließen. Gekleidet waren sie überwiegend in Tierfelle, die das Gefühl von Gefahr und Wildheit noch unterstrichen.

Die Krampusse tanzten im Kreis, bildeten mit ihren langen Stöcken einen Stern, auf dem wiederum einer der ihren tanzte. Ein beeindruckendes Schauspiel, das viel beklatscht wurde.

Als die eigentliche Vorstellung zu Ende war, schwärmte die Pass der hässlichen Fratzen aus, und wer von den Zuschauern zu langsam oder unbedarft war, wurde im besten Fall erschreckt oder aber er bekam einen Schlag mit dem Stock. Und das konnte unter Umständen ziemlich schmerzen, denn zimperlich gingen die Gesellen nicht vor.

Ruth erklärte ihrer Freundin: „Der Stock bzw. die Rute hat eine besondere Bewandtnis. Ein Schlag damit ist ein Fruchtbarkeitszeichen – also grundsätzlich positiv. Allerdings findet sich gelegentlich in einer Krampus-Pass jemand, der die Auswirkungen seiner Schläge nicht bedenkt und den Menschen tiefblaue Flecken verpasst oder ihnen einen riesen Schrecken einjagt."

Lucienne konnte das Geschehen am Ende doch noch genießen, da sie ja wusste, dass kein noch so harter Schlag sie treffen konnte. „Jetzt sehe ich zum ersten Mal einen richtigen Vorteil unserer nur geistigen Anwesenheit", erzählte sie Ruth. „Wo gibt es noch so was zu erleben?"

Ruth schmunzelte. „Damit du auch wirklich genug von deinem Vorteil hast, gehen wir noch einen zweiten Weg. Dabei musst du dir vorstellen, dass wir nun erst mal sozusagen die Zeit einige Stunden zurückdrehen. Es ist Nachmittag und wir gehen jetzt über die Grenze ins Berchtesgadener Land. Dort gibt es wie in Österreich auch Gruppen, so genannte Passen oder Bassen, die mit dem Nikolaus laufen.

Natürlich kann da nicht jeder mitmachen. Die Jungs müssen mindesten 17 Jahre alt sein und sobald einer heiratet, ist er draußen. Na ja, trinkfest sollten sie auch sein. Denn überall gibt es Schnaps, Bier oder Glühwein – oder alles durcheinander. Das heißt nicht, dass man alles in sich hineinschütten muss. Aber in solchen Gruppen wird nun mal oft nicht mit Alkohol gegeizt – und das wird sogar von Außenstehenden in vielen Fällen erwartet. Traurig, aber es ist so."

Die Krampusse hier waren auch überwiegend in wilden Holzmasken unterwegs, die zu allem Überfluss auch noch große Hörner hatten. Auf dem letzten Hof nach einem langen Lauf kam hier das „Rausreißen" dran.

Dort hatte es unter viel Gelächter der versammelten Familie nebst Freunden und Feriengästen kurzfristige Vorbereitungen gegeben. Wohlweislich war schon am Nachmittag alles aus der guten Stube entfernt worden, was zu Bruch gehen könnte: Ein Großteil der Einrichtung und sogar die Lampenschirme – damit sie nicht zu Schaden kommen konnten durch die Hörner der Kramperl –, die Türen waren ausgehängt und im Hausflur hinter dem Eingang zur Stube war ein Holzgatter verschraubt worden, welches sicherstellte, dass im Rest des Hauses nichts kaputt gehen konnte.

Der Hausherr hatte einen vom Verein ausgemusterten Tisch erhalten, der den Weg aller Tische beim Rausreißen gehen würde. Nur kurze Zeit, bevor die Pass beim Hof eintreffen sollte, holte er seine Motorsäge und trug diese unter den neugierigen Blicken seiner Gäste aus dem Haus, wo sich auch der Tisch befand. Dieser wurde umgedreht und dem Balken zwischen den Tischbeinen zu Leibe gerückt.

„Die Kramperl haben dann nichts mehr zum Festhalten und tun sich schwer damit", grinste der zufriedene Hausherr – kurz bevor die Beine des besagten Tisches nachgaben. Nun war guter Rat teuer. Denn die Zeit wurde knapp. Aber Abhilfe wurde geschaffen. Und zwar in Form von sehr langen Nägeln, die von oben durch die Tischplatte in die Beine getrieben wurden. Dabei wurden schon die Lachmuskeln der Anwesenden trainiert.

Der Tisch wurde wieder in die gute Stube gebracht, in der sich außer ein paar Stühlen und der an der Wand befestigten Sitzbank kaum ein Möbelstück befand.

Alle Anwesenden suchten sich einen Platz. Die jüngeren Mädchen und Frauen wurden hinter den Tisch platziert und von älteren Personen flankiert. So vorbereitet harrten die Mädchen und andere Unerschrockene der Dinge, die da kommen sollten.

Alle waren bereit, als man auch schon immer lauter werdendes Glockengeläut hören konnte. Kurz darauf pochte jemand an die Haustüre. Diese wurde vom Hausherrn geöffnet und innerhalb von wenigen Sekunden war die Stube überbevölkert.

Einem beeindruckenden Nikolaus folgten die felligen Kramperl mit Holz- oder Fellmasken, welche schaurig brüllten und ihre Ruten schwangen. Doch ohne die Zustimmung des hl. Nikolaus durften sie nicht zur Tat schreiten. Dieser begrüßte die Hofbesitzer und Gäste, sagte ein paar Sprücherl auf und gab dann das von seinen Begleitern ersehnte Kommando.

Daraufhin wurde von beiden Seiten mit aller Kraft am Tisch gezogen und gezerrt, denn die Kramperl wollten an die jungen Mädchen dahinter, aber ihre „Gegner" hielten tapfer stand. Bis der Tisch nach längerem hin und her endlich in seine Einzelteile zerbarst.

Daraufhin holten sich die wilden Gesellen die hübschen Mädchen von der Bank, zerrten sie nach draußen und rieben sie mit Schnee ein. Der eine oder andere Rutenschlag war auch noch mit dabei. Denn der sollte ja die Fruchtbarkeit symbolisieren.

Kurze Zeit später nahmen die Kramperl – nun ganz zahm – Platz in der Stube. Meist auf dem Boden, wo sie sich auf ihre großen Glocken stützten. Sie nahmen die Masken ab und bekamen Getränke und verzehrten eine stärkende Brotzeit, während Bekanntschaften der letzten Jahre erneuert wurden und die Unterhaltung humorvoll dahinplätscherte. Einer der Jungs drohte einem Mädchen aufgrund einer frechen Bemerkung mit seiner Rute. Sie kannte die Regeln. „Des derfst fei ned, du hast dei Maske ned auf."

Als sich der Nikolaus mit seinem Gefolge wieder verabschiedet hatte, wurde flugs die Stube mit Hilfe vieler helfender Hände wieder eingeräumt und der Tisch gedeckt. Es gab eine deftige Brotzeit für alle Anwesenden.

Dabei wurden Erlebnisse der letzten Jahre zum Besten gegeben. Fast jede Geschichte begann mit „Wisst ihr noch?" und endete in großem Gelächter. So wurde zum Beispiel erzählt, wie der Besuch der Kramperl in einem längst vergangenen Jahr ablief: Eine Tochter des Hauses, damals eine fröhliche Vierzehnjährige, hatte allen Anwesenden erklärt, sie sollten ja nicht zu nahe an die zur Türe gewandten Seite des Tisches kommen und saß nun auf ihrem Platz dahinter, wie eine Katze, die auf die Maus lauert. Während die Erwachsenen sich angeregt unterhielten, lächelte sie still vor sich hin. Dieses Mal würden die Kramperl Augen machen!

Bald waren die Erwarteten dann auch da und der Nikolaus gab das Kommando. Und schon ging es los mit dem Kampf um den Tisch. Als die ersten Kramperl mit ihren behandschuhten Händen unter die Tischplatte griffen, jaulten sie gleich darauf auf. Der folgende verbale Ausbruch war nicht gerade jugendfrei.. Schnell stellte sich heraus, dass der Tisch auf besondere Weise präpariert worden war: Auf die Unterseite des Tisches waren auf der Kramperl-Seite lauter Mausefallen geklebt worden, die bei der ersten Berührung zuschnappten.

So eine Behandlung ließen sich die jungen Burschen hinter den Masken natürlich nicht bieten. Die Rache für diese böse Überraschung war schrecklich. Alle, die hinter dem Tisch gesessen waren, wurden aus dem Haus gezerrt, bekamen eine Abreibung mit Schnee und ein paar Schläge mit der Rute. Tage später spürte so mancher Beteiligte noch die Nachwirkungen an den Waden oder anderswo.

Erst lange Zeit später wurde es an diesem Nikolausabend ruhig am Hof. Es war wieder einer dieser Tage gewesen, an denen die Lachmuskeln nicht still standen und niemand die lustige Runde auflösen wollte.

Ruth folgte einem weiteren Weg, der vor ihr erschien. „Wir haben jetzt einen Adventsonntag. Außerdem sind wir wieder nur ein paar Kilometer entfernt, immer noch im Berchtesgadener Land. Das Prozedere ist ähnlich – nur die Masken sind etwas anders." Lucienne beeilte sich, den Anschluss nicht zu verpassen.

Schon Tage vorher hatten sich die jungen Männer in ihrer Hütte im Wald getroffen. Sie hatten alles besprochen und am Ende in geselliger Runde zahlreiche Ruten für ihren großen Tag gefertigt.

Martin wollte dieses Jahr zum letzten Mal bei den Läufen dabei sein. „Es gibt schließlich genug Nachwuchs in unserer Bass, die wollen auch mal ran."

Der Buttnmandlmeister ihrer Gnotschaft hatte in Erfahrung gebracht, in welchen Höfen und Häusern sie in diesem Jahr willkommen waren. Die Namensliste aller Teilnehmer der Läufe und ihre Marschstrecke waren bei der Polizei eingereicht worden und auch die Frage „Wie sieht's mit der Versicherung aus?" war beim letzten Treffen mit „Ist erledigt!" beantwortet worden.

Es konnte also losgehen. Martin würde zum letzten Mal als Strohbuttnmandl laufen. Er war mit ein paar Kumpel schon seit dem frühen Nachmittag in der Scheune eines der Bauern. Es dauerte jeweils eine gute Stunde, bis einer von ihnen „eingekleidet" war.

Das heißt, ein Teil von ihrer Gruppe wurde rundum in langes Stroh eingebunden. Das war ja nun schon eine Wissenschaft für sich. Es sollte alles gut halten, möglichst nichts scheuern und dazu auch noch beeindruckend aussehen.

Zwischenzeitlich brachte die Bäuerin eine Brotzeit zur Stärkung, auf die sich sowohl die Läufer als auch die Binder heißhungrig stürzten. Als alle fertig waren, bekam jeder von den Läufern seine Glocken – Martin war groß und stämmig und hatte fünf große Kuhglocken – an den Rücken gebunden. Alle setzten sich ihre Felllarven mit den langen, roten Zungen auf, zogen dicke Handschuhe an, nahmen die Ruten auf und liefen zu ihrem Sammelpunkt. Da die Buttenmandl bei verschiedenen Bauern eingekleidet worden waren, kamen sie aus unterschiedlichen Richtungen gelaufen.

Dort auf der Wiese traf sich also die ganze Gruppe: Buttenmandl, „Gangerl" (Krampusse), der Nikolaus und das Nikolausweibe (von einem Buben gespielt). Als Auftakt wurde ein gemeinsames Gebet gesprochen. Natürlich gab es dort schon zahlreiche Zaungäste. Fotoapparate wurden gezückt und alle waren bester Laune. Als sich die eigenartige Mannschaft um den Nikolaus in Bewegung setzte, wurde mancher Zuschauer ganz schnell und lief flink zum schützenden Auto. Für die Akteure jedoch ging's los zum ersten Bauern. Von einem Hof liefen sie zum nächsten. Ganz zum Schluss wurden sie von einem Polizeiauto im Schritttempo und mit Blaulicht begleitet, da es für sie auf der Bundesstraße sonst zu gefährlich gewesen wäre.

„Merkst du, dass wir gerade meinen Lieblingstag im Jahr haben?" Ruht strahlte ihre Freundin an.

„Weil wir so viele Wege gehen? Ja freilich. Aber mir macht das voll viel Spaß!"

„Das ist prima, denn wir besuchen jetzt noch einen niederbayerischen Ort, wo es keine Kramperl wie im Alpenvorland gibt.

Ferdinand saß ganz brav neben seiner Mutter. Schon die ganze letzte Woche hatte er sich sehr zusammengerissen, um Lob zu erhalten. Und es war nicht umsonst gewesen. Sein Nikolaussäckchen, das er gestern vor die Türe gelegt hatte, war prallvoll mit Nüssen, Mandarinen, Schokolade und anderen Leckereien. Und als Zugabe war doch tatsächlich noch das heißersehnte Kartenspiel dabei gelegen.

Und heute saßen sie bei der Nikolausfeier des Vereins, dem sein Vater angehörte. Neben ihm waren noch acht andere Kinder anwesend.

Bald sollte der Nikolaus kommen. Er hörte eine tiefe Stimme vom Flur her und zitterte ein wenig. Wenn der Knecht Ruprecht ihn doch ... schließlich hatte er heute seine Mami schon verärgert, weil er um jeden Preis darauf bestanden hatte, nur Pizza zu essen. Das war ein Gezeter!

Die Türe öffnete sich und zwei, nein drei Gestalten kamen ins Zimmer. Nikolaus im Bischofsgewand mit Mitra, Bart, rotem Mantel und Stab. Ihm zur Seite stand ein wild wirkender Geselle mit Sack und Rute in der Hand. Das musste Knecht Ruprecht sein. Und hinter Ruprechts Rücken guckte ein kleines, süßes Engelein hervor. Das Mädchen in Engelskostüm mit Flügeln schüttelte seinen blonden Lockenkopf und juchzte vergnügt.

Eines nach dem anderen rief Nikolaus die Kinder zu sich. Er hatte ein goldenes Buch bei sich, aus dem er gute und schlechte Seiten der Kinder aufzählte. Und da kam die Reihe an Ferdinand. Er hängte sich der Mami um den Hals und sagte schnell „Entschuldige, dass ich heute so garstig war. Soll nie wieder vorkommen. Heiliges Ehrenwort." Mami sah ihn skeptisch an und sagte dann gelassen: „Entschuldigung angenommen."

So stand Ferdinand vor dem heiligen Mann, der eine ganze Reihe positiver und negativer Dinge über ihn zu berichten wusste.

„Nun, die guten Seiten bei dir würden wohl überwiegen, wenn nicht heute …" Da setzte sich Mama für Ferdinand ein: „Gerade hat sich der Junge bei mir für seine Garstigkeit entschuldigt." Jetzt stand auch der Knecht Ruprecht vor ihm. „Das ist gut. Aber damit du dich demnächst nicht hinterher entschuldigen musst und lieber vorher daran denkst, was gut oder schlecht ist, setze ich dich jetzt 2 Minuten in meinen Sack. Es wird dir nichts passieren und es ist nur eine kurze Zeit. Aber die soll dir eine kleine Lehre sein."

Ferdinand zitterte am ganzen Leib, ließ es aber geschehen, dass der kräftige Mann ihn hochhob und in den Sack setzte. Oben wurde der Sack verschlossen und Ferdinand sah nur noch Lichtschimmer von außen, konnte aber sonst nichts ausmachen. Er hörte nur Mamis Stimme nah neben sich. „Keine Angst, mein Kleiner, gleich ist die Zeit um."

Und wirklich, schon nach kurzer Zeit wurde der Sack wieder geöffnet und Knecht Ruprecht zog den kleinen Ferdinand auf die Beine. „Du warst wirklich tapfer, mein Kleiner. Wenn du weiter so viel Mumm zeigst und auch immer brav bist, werde ich dich vielleicht als meinen Nachfolger vorschlagen."

Ferdinands Augen leuchteten und alle Anwesenden klatschten. Das war nun wirklich eine schöne Nikolausfeier gewesen!

„Ruth, ich habe da eine Frage. Gibt es eigentlich einen Unterschied zwischen dem Nikolaus und dem Weihnachtsmann – ich meine, außer dass der eine Anfang Dezember im Einsatz ist und der andere am Weihnachtstag?" Lucienne zog eine etwas verzweifelte Miene. „Ich finde das nämlich alles total verwirrend."

Ruth verzog das Gesicht. „Ehrlich gesagt, die Frage schmeckt mir nicht. Es ist nämlich wirklich nicht einfach. Und ich kann dir nur wenig über die Zusammenhänge erzählen, denn auch ich bin nicht allwissend. Und diese Geschichte ist sogar für mich verwirrend.

Also, da war im Ursprung der heilige Nikolaus. Der bekam einen Gesellen zur Seite, der für das Austeilen der Gaben zuständig war. Und zwar sowohl von ‚Äpfel, Nuss und Mandelkern' für die braven Kinder aus seinem Sack als auch der Schläge mit der mitgeführten Rute für die bösen Kinder.

Der klassische Nikolaus in süddeutschen Landen ist gewandet wie ein Bischof mit Mitra und Bischofsstab. Das Aussehen seines Gesellen, des Knecht Ruprecht (Deutschland), Krampus (Teile Bayerns und Österreich), Belznickel (Niederrhein) oder welche Namen er sonst noch hat, variiert regional. Das lassen wir jetzt mal so stehen. Dass Ruprecht bzw. Krampus wieder an Wotan erinnern, ist sicher kein Zufall.

Der Glaube an ihn hat sich weltweit verbreitet, und vermutlich war das Aussehen überall etwas anders. Übrigens sagen manche Quellen, Nikolaus sei gleichzusetzen mit Wotan, der nach dem Rechten sieht und mahnt, ob man auch wohl gelebt hat.

Zwischen 1829 und 1931 passierten einige Dinge, die das Aussehen des nun „klassischen" Weihnachtsmanns vermutlich alle irgendwie beeinflussten.

Als Erstes schrieb 1829 der Amerikaner Clement Clark Moore ein Gedicht, das heute unter dem Titel ‚Twas the Night Before Christmas' im englischsprachigen Raum sehr bekannt ist:

A Visit from Saint Nicholas
by Clement Clark Moore

'Twas the night before Christmas, when all through the house
Not a creature was stirring, not even a mouse;
The stockings were hung by the chimney with care,
In hopes that St. Nicholas soon would be there;
The children were nestled all snug in their beds,
While visions of sugar-plums danced in their heads;
And mamma in her 'kerchief, and I in my cap,
Had just settled our brains for a long winter's nap,
When out on the lawn there arose such a clatter,
I sprang from the bed to see what was the matter.
Away to the window I flew like a flash,
Tore open the shutters and threw up the sash.
The moon on the breast of the new-fallen snow
Gave the lustre of mid-day to objects below,
When, what to my wondering eyes should appear,
But a miniature sleigh, and eight tiny reindeer,

With a little old driver, so lively and quick,
I knew in a moment it must be St. Nick.
More rapid than eagles his coursers they came,
And he whistled, and shouted, and called them by name;
"Now, Dasher! now, Dancer! now, Prancer and Vixen!
On, Comet! on, Cupid! on, Donder and Blitzen!
To the top of the porch! to the top of the wall!
Now dash away! dash away! dash away all!"
As dry leaves that before the wild hurricane fly,
When they meet with an obstacle, mount to the sky;
So up to the house-top the coursers they flew,
With the sleigh full of Toys, and St. Nicholas too.
And then, in a twinkling, I heard on the roof
The prancing and pawing of each little hoof.
As I drew in my head, and was turning around,
Down the chimney St. Nicholas came with a bound.
He was dressed all in fur, from his head to his foot,
And his clothes were all tarnished with ashes and soot;
A bundle of Toys he had flung on his back,
And he looked like a pedler just opening his pack.
His eyes—how they twinkled! his dimples how merry!
His cheeks were like roses, his nose like a cherry!
His droll little mouth was drawn up like a bow
And the beard of his chin was as white as the snow;
The stump of a pipe he held tight in his teeth,
And the smoke it encircled his head like a wreath;
He had a broad face and a little round belly,
That shook when he laughed, like a bowlful of jelly.
He was chubby and plump, a right jolly old elf,
And I laughed when I saw him, in spite of myself;
A wink of his eye and a twist of his head,
Soon gave me to know I had nothing to dread;
He spoke not a word, but went straight to his work,
And filled all the stockings; then turned with a jerk,
And laying his finger aside of his nose,
And giving a nod, up the chimney he rose;
He sprang to his sleigh, to his team gave a whistle,
And away they all flew like the down of a thistle,

But I heard him exclaim, ere he drove out of sight,
"Happy Christmas to all, and to all a good-night."

Hier eine freie Übersetzung zum besseren Verständnis:

Ein Besuch vom heiligen Nikolaus

Es war die Nacht vor Weihnacht, als im ganzen Haus
nicht eine Kreatur sich bewegte, nicht mal eine Maus.
Die Strümpfe waren aufgehängt beim Kamin mit Bedacht,
in der Hoffnung, dass vom Hl. Nikolaus wird etwas gebracht.
Eingekuschelt ins Bett ist jedes Kind ganz fest,
während es in seinen Träumen Zuckerpflaumen tanzen lässt.
Mama mit Tuch und ich mit Haube haben uns nun
für den Winterschlaf vorbereitet, nichts zu tun,
als ich von der Straße hörte Lärm her wehen.
Ich sprang aus dem Bett, um den Grund zu sehen.
Zum Fenster flog ich wie ein Blitz so schnell,
öffnete die Läden und machte die Fenster hell.
Der Mond, der auf den frisch gefallenen Schnee schien,
war taghell und zeigte alle Objekte unter ihm.
Als etwas vor meinen wundernden Augen erschien.
Ein Minischlitten und acht winzige Rentiere fuhr dahin.
Mit einem kleinen alten Fahrer, so lebendig und wendig,
ich wusste in dem Moment, der Hl. Nick war lebendig.
Schneller als Adler kamen sie auf ihrem Kurs geflogen,
und Nick pfiff und rief ihre Namen, um sie zu loben:
„Auf, Dasher! Auf, Dancer! Auf, Prancer und Vixen!
Los, Comet!, Los, Cupid!, Los, Donder und Blitzen!
Zur Spitze der Veranda! Zur Spitze hinauf!
Nun, flott dahin! Flott dahin! Mit Schwung, auf, auf!"
Wie trockenes Laub, das vor dem wilden Hurricane fliegt,
Wenn es auf ein Hindernis trifft und sich schließlich dem Himmel
   ergibt,
so flogen zur Spitze des Hauses die Renner hinauf
mit dem Schlitten voller Spielsachen und dem Hl. Nikolaus.
Einen Augenblick später hörte ich auf dem Dach einen Ruf
und das Tänzeln und Schlagen von jedem einzelnen kleinen Huf.
Als ich meinen Kopf wandte und mich drehte um,
kam der Hl. Nikolaus durch den Kamin mit einem Sprung.

Er war komplett in Fell gekleidet, von Kopf bis Fuß
Und seine Kleidung war trüb von Asche und Ruß.
Über der Schulter hielt er mit Spielzeug vollgepackt
wie ein Hausierer einen großen Sack.
Seine Augen – wie sie funkelten! Seine Brauen im Sprung, wie
 Hirschen!
Seine Wangen waren wie Rosen, seine Nase rot wie Kirschen!
Sein drolliger kleiner Mund war nach oben gezogen wie ein
 Bogen
und sein Bart am Kinn war weiß, wie mit Schnee vollgesogen.
Eine Pfeife hielt er fest zwischen seinem Zahnkranz
und der Rauch umrundete seinen Kopf wie im Tanz.
Er hatte ein breites Gesicht und einen kleinen runden Bauch
Der wabbelte beim Lachen, wie eine Schale mit Pudding auch.
Er war rund und plump, wie der freundliche Mann einer Elfe.
Und ich lachte, als ich ihn sah, so wahr mir Gott helfe.
Ein Zwinkern und ein Drehen des Kopfs wurde mir gewahr
und ich wusste, dass von ihm nichts zu befürchten war.
Er sagte kein Wort, ging geradewegs an sein Tun,
füllte alle Socken, dann wandte er sich um,
an seiner Nase entlang ließ er dem Finger seinen Lauf
und, mit einem Nicken, war er wieder den Kamin hinauf.
Er sprang in seinen Schlitten und pfiff seinem Team
Und schon flogen sie wie Distelwolle dahin.
Doch vor dem Abflug hat St. Nick einen Abschiedsgruß gemacht:
„Frohe Weihnachten allen, und eine gesegnete Nacht."

Einige Jahre später, und zwar 1847, erschien vom Wiener Maler
Moritz von Schwind in der Wochenzeitschrift ‚Fliegende Blätter'
und 1848 nochmals im ‚Münchner Bilderbogen" eine Gestalt
namens ‚Herr Winter'.
Es stellt einen fülligen Mann dar mit ausladendem
Kapuzenmantel und dicken Stiefeln. Vom Gesicht sieht man
nicht viel, da ein langer Bart aus der Kapuzenöffnung quillt. Die
Hände hat er in den weiten Ärmeln des Mantels stecken. Dieser
Herr Winter hat über der Kapuze einen Laubkranz und trägt
einen Nadelbaum mit brennenden Kerzen.
Im darauffolgenden Jahr, also 1849, entstand ein Holzstich von
L. Fröhlich mit dem Titel ‚Weihnachtsmann und Christkind'.

Darauf sieht man ein Pferd, das durch den Schnee unter einem Sternenhimmel stapft. Im Sattel sitzt ein Mann in weitem Mantel mit langem Bart und einer Art Zipfelmütze. In den Händen hält er Sack und Rute. Ein nacktes Kind im Alter von ca. 6–7 Jahren sitzt auf dem Hals des Pferdes. Es hat Flügel und lockiges Haar und hält einen beleuchteten Christbaum in der linken Hand.

Knapp zehn Jahre darauf veröffentlicht der Frankfurter Heinrich Hoffmann seinen ‚Struwwelpeter‘ mit der Zeichnung eines Nikolaus mit einer Art Zipfelmütze: ein ausnahmsweise schlanker Herr, gekleidet in einen langen, rotbraunen Mantel, mit Vollbart und auch längeren Haaren.

Wieder ein paar Jahre später, 1881, zeichnete der aus Landau nach Amerika ausgewanderte Thomas Nast seine Vorstellung des Pfälzischen Belznickel oder Pelznickel, welcher im übrigen Deutschland Knecht Ruprecht genannt wurde.

Bei ihm wurde daraus während des Amerikanischen Bürgerkriegs ein Pfeife rauchender Santa Claus, der die Soldaten vom Schlitten herab beschenkte. Hinter einem Arm voller schöner Geschenke lugt ein kugelrunder Bauch hervor, der vermutlich die Gutmütigkeit unterstreichen soll. Auf seiner Kappe prangt ein Ilex-Zweig.

1905 wurde dann der erste lebendige Santa Claus in einem Kaufhaus gesichtet – und zwar bei der T. Eaton Company in Toronto.

Und zu guter Letzt wurde Haddon Sundbloom 1931 von Coca Cola beauftragt, für deren Werbekampagne einen modernen Nikolaus zu zeichnen. Als Vorlage diente ein betagter, weißhaariger Coca-Cola-Fahrer, der in den Firmenfarben Rot und Weiß eingekleidet wurde. Moores Gedicht soll damals bei der Darstellung eines freundlichen alten Mannes geholfen haben. Selbstverständlich sind auch hier Rauschebart und Bauch Programm.

Jetzt gibt es natürlich Spekulationen in alle Richtungen, wer nun eigentlich zuerst das heutige Aussehen des Weihnachtsmannes geprägt hat. Eines ist jedenfalls allen Bildern gemeinsam: Es ist ein älterer Herr mit langem Bart. Ja, und der Name ‚Weihnachtsmann‘ soll im Jahre 1820 erstmals belegt sein.

Uns kann das eigentlich ziemlich egal sein. Bei uns kommt sowieso kein Weihnachtsmann, sondern das Christkind. Und den Heiligen Nikolaus gibt es ja trotzdem noch."

Lucienne hatte ganz gebannt zugehört. „Wow, das finde ich ja sehr interessant. Vor allem das mit dem Wallebart, weil ich ganz sicher bin, dass ich im Urlaub heuer in einer Nikolauskirche eine Heiligenfigur ganz ohne Bart gesehen habe. Na, vielleicht mochte der Schnitzer keine Bärte machen oder die waren zu seiner Zeit grad unmodern?"

Ruth lachte herzhaft über die Spekulationen von Lucienne.

„Du weißt ja, dass heutzutage zum Weihnachtsmann auch ein rotnasiges Rentier gehört", begann Ruth.

„Rudolph, the red-nosed reindeer ...", sang Lucienne aus voller Kehle.

„Ja genau. Das wurde von einem Robert May kreiert, und zwar für die Weihnachtspromotion eines amerikanischen Kaufhauses. Das war 1939."

13. Dezember: Luziatag

„Aber hallo. Du bist ja heute schon wieder da. Aber diesmal bin ich vorbereitet. Ich weiß zumindest, dass am 13. Dezember Luziatag ist. Und Mutter erzählte was von einem Luziazweig, den man wie den Barbarazweig ins Wasser stellt und der dann bis Weihnachten blühen soll. Sie meinte, es sollte ein Zweig vom Kirschbaum sein." Lucienne bestürmte ihre Traumfreundin sofort.

Ruth saß mit ihr unter einem blühenden Baum an einer Wegkreuzung. „Luzia war eine sizilianische Heilige. Sie wurde die Leuchtende genannt. Man weiß von ihr, dass sie alle Reichtümer an die Armen verschenkte. Deswegen sollte sie den Feuertod erdulden. Aber sie überstand das Feuer ohne Schaden und starb dann durch das Schwert. Fies, was?

In Skandinavien wird das hübscheste Mädchen zur „Luciabraut" gewählt. Sie regiert mit einer oder mehr brennenden Kerzen auf einem Kranz aus Tannengrün auf dem Kopf und in ein weißes Kleid gewandet als Königin für einen Tag. Dies soll sogar in Bayern noch im ersten Viertel des 20. Jahrhunderts Brauch gewesen sein.

In Deutschland war es teils auch Brauch, dass die älteste Tochter des Hauses alle anderen weckt und ihnen das Frühstück serviert."

„Da würde ich dann doch lieber in Skandinavien leben. Weniger Arbeit. Wobei ich auch nicht die Schönste bin – und auch nicht die älteste Tochter. Also egal!"

„Ach ja, der Brauch gefällt dir sicher. Und zwar kleine Schiffchen mit Kerzen an Bord ein fließendes Gewässer entlang schwimmen lassen. Und zwar gibt's das seit dem 18. Jahrhundert. Und vor 1500 wurden Kinder beschenkt an diesem Tag. Nach dieser Zeit erst an Weihnachten. Da siehst du, wie sich alles wandelt.

Übrigens kommt der Name Lucia oder Luzia von Lux, dem lateinischen Wort für Licht. Die genaue Bedeutung ist also „Die Leuchtende", was uns zur Berchta (Berta) bringt, welche den gleichen Namen trägt. Manche glauben, dass sich hinter Luzia, Berchta, Frau Holle und dem Christkind die gleiche weibliche Gestalt verbirgt, eben die Lichtträgerin aus alter Zeit. Denn das

Christkind kann ihrer Meinung nach nicht mit Jesus gleichgesetzt werden.

Kannst du dich noch an die drei Bethen erinnern, die wir am Dreikönigstag als Katharina, Margaretha und Barbara kennengelernt haben? Hierzu gibt es noch eine andere Meinung: Katharina (25. November), Barbara (4. Dezember) und Luzia (13. Dezember) sollen die drei Perchten sein, die dem Mondkalender folgen, der drei Wochen zu je neun Nächten umfasst, nach denen drei dunkle Nächte (Neumond) kommen.

Früher war in Schweden am 13. Dezember Wintersonnenwende, in Rom dagegen am 25. Dezember. Das war zu einer Zeit, als es noch unterschiedliche Kalender gab.

„Das war's schon? Dann wünsche ich dir eine gute Nacht – und besuch mich bald wieder!"

ADVENTSBRÄUCHE

Ruth und Lucienne gingen ganz gemütlich spazieren im Tal der Träume. Beide waren warm gekleidet und unter ihren Füßen knirschte der strahlend weiße Schnee.

„Jetzt sind wir im Advent. Mama sagt, eigentlich wäre jetzt auch Fastenzeit. Aber alle essen Weihnachtsgebäck, gehen auf Weihnachtsfeiern und verzichten auf absolut gar nichts." Lucienne machte ein empörtes Gesicht.

„Deine Mama hat Recht. Die Adventszeit ist eine Fastenzeit, wie es früher in bestimmten Gegenden üblich war vor einem hohen Fest."

„Bitte, erzähl mir doch mal etwas über Adventsbräuche, Ruth", bat Lucienne. „Zum Beispiel den Adventskranz oder den Adventskalender."

Ihre Freundin ging ein paar Schritte weiter, bevor sie anfing. „Zuerst eine Frage: Was glaubst du, wie alt die beiden Bräuche sind?"

Lucienne blieb stehen. „Keine Ahnung. Aber ich glaube, das mit dem Adventskalender ist noch nicht sooo lange Tradition. Aber den Adventskranz gibt es sicher schon seit einigen hundert Jahren."

Ruth grinste. „Da hast du dich ja gut aus der Affäre gezogen. Die Adventszeit an sich gibt es in der römischen Kirche schon seit etwa dem 6. Jahrhundert. Damals wurde aber unterschiedlich lange auf Weihnachten gewartet. Der Advent war zwischen zwei und vier Sonntage lang. Um 600 legte dann Papst Gregor der Große die Adventszeit auf vier Sonntage fest, wobei jeder Sonntag für 1000 Jahre steht, weil die Menschen damals glaubten, die Welt hätte 4000 Jahre auf den Erlöser gewartet.

Den Adventskranz gibt es noch nicht so lange. Zuerst hat 1860 ein evangelischer Oberkirchenrat Johann Hinrich Wichern (1808 bis 1881, Begründer der Inneren Mission und des Rauhen Hauses) damit begonnen. Er ließ in einem Hamburger Waisenhaus einen hölzernen Kronleuchter von zwei Metern Durchmesser mit 24 Kerzen aufhängen. An jedem der Adventabende wurde eine neue Kerze angezündet. Die brennenden Kerzen sollten hinführen zum Licht der Weihnacht. Wicherns Nachfolger sollen später den Leuchter mit grünen Zweigen umwickelt haben.

Von einem hölzernen Kronleuchter mit 24 Kerzen war der Weg nicht mehr so weit zu einem grünen Kranz mit vier Kerzen. Diese wurden dann nur an den Adventssonntagen nacheinander entzündet. Die katholische Einführung des evangelischen Brauchs fand 1925 in einer Kirche in Köln statt. Und erst 1937 kam der Brauch in München an.

Die ganze Sache geht doch irgendwie auf eine alte Sitte zurück, die besagt, dass grüne Kränze oder Strohkränze Segen bringen und Unheil abwehren. Man umwand die Kränze mit roten und goldenen Bändern, den Farben des Lichts und des Lebens. Aus anderen Quellen erfahren wir, dass die grünen Zweige das Zeichen der Hoffnung, die roten Kerzen das Zeichen der Liebe und violette Bänder das Zeichen der Umkehr bedeuten.

Die vier Kerzen am Kranz können Zeichen sein für die vier Adventsonntage, die Jahreszeiten, die Himmelsrichtungen und auch die Elemente (Erde, Wasser, Luft, Feuer).

Eigenartigerweise konnte sich der grüne Adventskranz mit den Lichtern erst nach dem ersten Weltkrieg in ganz Deutschland, so auch in Bayern, durchsetzen. Schließlich kam der Brauch von einem Protestanten – und Bayern ist größtenteils katholisch."

„Immer die Sache mit dem etwas anderen Glauben. Wo doch alle einfach nur gut sein sollen! Und wir hatten wirklich so lange keinen Adventskranz? Kaum zu glauben."

„Aber in Altbayern gab es dafür den Paradeisl in der Vorweihnachtszeit. Das war eine Pyramide aus Holzstäben. Vier rotbackige Äpfel wurden mit den bunten Stäben verbunden. Dazu steckten in den Äpfeln kleine Kerzen und Tannengrün.

Eines hätte ich ja doch beinahe vergessen: Advent kommt vermutlich aus dem lateinischen Wort adventus, was Ankunft heißt und die Ankunft des Herrn bedeutet. Also ist die Zeit des Advents das Warten auf die Ankunft des Herrn. Es gibt aber auch andere Auslegungsversuche."

„Gut, und wann kam dann der Adventskalender? Jetzt sag bitte nicht, dass meine Oma den nicht kannte."

„Klar kannte deine Großmutter einen Adventskalender. Und auch deren Großmutter kannte eine Zählhilfe für die Wartezeit vor Weihnachten. Allerdings sah die Mitte des 19. Jahrhunderts etwas anders aus. Da wurden auf die Türe 24 Kreidestriche gemalt und die Kinder durften jeden Tag einen wegwischen.

1908 oder 1909 erschien der erste gedruckte Adventskalender in großer Auflage. Den hatte sich der Münchner Pfarrerssohn und Verleger Gerhard Lang ausgedacht. Seine Mutter hatte in seiner Kindheit immer 24 Kästchen auf ein Stück Pappe gezeichnet und an jedes ein ‚Wibele‘ genäht. Langs Kalender bestand aus einem großen Blatt mit 24 nummerierten Feldern. Jeden Tag konnte dann eines der mitgelieferten Bildchen – meist versehen mit einem Engelchen bei den Weihnachtsvorbereitungen – aufgeklebt werden. Und am Ende hatte man ein tolles Bild, das den Titel „Im Lande des Christkinds" hatte.

Ab 1920 brachte Lang dann auch Adventskalender mit Türchen heraus. So einen hast du mit Sicherheit auch jedes Jahr.

Während des zweiten Weltkrieges gab es dann keine Adventskalender, da es Papierknappheit gab und es außerdem verboten war, Bildkalender herzustellen. Richard Sellmer gründete 1946 einen Verlag und brachte den ersten Adventskalender nach dem Krieg heraus. Und seit den 60er Jahren gibt es Schokoladen-Adventskalender."

„Mir fällt da grad eine Frage ein, die mich als kleines Kind immer beschäftigt hat." Lucienne sah Ruth von unten herauf an. „Woher weiß das Christkind, was ich mir wünsche?" Sie zwinkerte schelmisch.

Ruth kicherte. „Kleine Kinder zeichnen oder schreiben in der Adventszeit einen Wunschzettel. Der wird dann ans Christkind adressiert und auf das Fensterbrett außen gelegt und mit etwas beschwert, damit er nicht wegfliegt. Wenn das Kind dann schläft, kommt ein Engelchen und holt den Zettel ab.

Sowas wie die Briefkästen an Santa Claus brauchen wir eigentlich gar nicht. In anderen Ländern wird an den Weihnachtsmann geschrieben, der am Nordpol wohnt. Ich nenne dir trotzdem zwei Adressen: An das Christkind, 97267 Himmelstadt (das lieg in Bayern) oder: Postamt Christkindl, Christkindlweg 6 in 4411 Christkindl (in Österreich) Briefe mit Fragen werden bei beiden Adressen angeblich 100 %ig beantwortet. Geschenke gibt's allerdings nicht per Post zurück. Logisch, die bringen ja auch das Christkind oder der Weihnachtsmann persönlich. Das sind nun nur zwei von vielen Adressen. Aber vielleicht interessiert dich ja auch noch die von Grönland: Santa Claus, Nordpolen, Julemandens, Postkontor, 3900 Nuuk."

Lucienne war ganz begeistert. „Wenn wir jetzt schon mal dabei sind, kannst du mir eigentlich auch noch von einem anderen Brauch erzählen. Und zwar von der Weihnachtskrippe."

„Uh, da bin ich aber nun nicht wirklich vorbereitet", versuchte Ruth zu kneifen. Aber ihre Freundin ließ sich nicht so leicht abwimmeln. „Jetzt komm schon!"

„Na gut. Ursprünglich soll Franz von Assisi 1223 die erste ‚lebende' Krippe dargestellt haben. Daraus entwickelten sich langsam kleinere Landschaften mit beweglichen Figuren. Bei uns, also nördlich der Alpen, kamen die Krippen über die Fürstenschlösser in die Kirchen. Die Jesuiten waren fleißig bei der Verbreitung dieses Brauchs.

Du hast ja sicher schon ein paar alte und wirklich wunderschöne Krippen in verschiedenen Kirchen gesehen. Die alten Krippen sind oft sehr prunkvoll. Die Figuren sind mit Brokat gewandet und auch sonst wertvoll ausgestattet. Das wurde für die Obrigkeit irgendwann zum Ärgernis. In der Aufklärungszeit Ende des 18. Jahrhunderts wusste man mit den prunkvollen Krippen aus der Barockzeit nichts mehr anzufangen. Also verbot man kurzerhand den Brauch.

Da aber die Bevölkerung oft ganz unvorhergesehen reagiert, gebar gerade dieses Verbot einen neuen Brauch. Und zwar den, kleine Krippen im eigenen Haus aufzustellen. Meist mit selbstgefertigten Figuren aus Holz oder Wachs. Diese Krippen spiegelten die ländlichen Szenen wider, die dem Volk bekannt waren, waren sehr schlicht und eben „bayerisch" oder „tirolerisch" angehaucht als das Ebenbild der heimatlichen Landschaft. Ach ja, die erste bayerische Krippe wurde übrigens 1601 in Altötting aufgestellt – von den Jesuiten.

Du weißt ja, welche Figuren sozusagen zur Grundausstattung einer Krippe gehören, oder?"

„Natürlich weiß ich das: Heilige Familie, Ochs und Esel, Heilige Könige, Hirten und Schafe."

„Genau. So, und warum brauchen wir einen Ochsen?"

„Vielleicht, weil das dessen Stall war?"

„Könnte sein. Allerdings ist von anderen Religionen überliefert, dass auch hier zwei Tiere bei der Geburt des Lichtwesens anwesend waren. Und zwar das Lastentier Esel – zuständig für die Lieferung des Feuerholzes – und eine Kuh. Von deren Milch wurde Butter für die Salbung hergestellt. Und da Jesus auch der Gesalbte (griechisch: Christos) ist, wäre es eigentlich nur logisch, eine Kuh anstatt eines Ochsens im Stall zu haben."

„Och, und wer soll dann die Butter machen? Josef vielleicht? Außerdem, so genau sieht man den Unterschied bei den Schnitzereien sowieso nicht." Lucienne grinste schelmisch und Ruth lachte.

„Prima Ruth, jetzt weiß ich eine ganze Menge mehr. War doch toll, auch ohne Vorbereitung. Weißt eben doch über alles Bescheid." Lucienne strahlte Ruth an und war stolz, dass sie ihre Freundin war. „Andere legen Bücher unters Kopfkissen, damit der Inhalt in ihren Schädel übergeht, und ich gehe spazieren und sehe sozusagen die ganze Nacht fern oder lass mir einfach was erzählen. Macht viel mehr Spaß, ist nicht so hart und es bleibt auch noch was hängen.

Nur schade, dass ich dich nicht meinen Eltern oder meinen anderen Bekannten und Freunden aus der Schule vorstellen kann. Die wären ganz sicher beeindruckt von dir und deinem ganzen Wissen."

Ruth wurde leicht rot. „Ach nein, gar nicht. Ich führe doch sozusagen nur einen Auftrag aus, sonst nichts. Und außerdem macht es mir Spaß, dir so viel zu erzählen über die alten Bräuche, weil du richtig interessiert bist."

„Mir fällt aber jetzt noch etwas ein, weil wir gerade bei Kirchen, Krippen und Darstellungen sind. Es ist doch so Brauch, dass die Mädelfarbe Rosa und die Jungenfarbe Blau ist. Warum hat aber nun Maria immer ein blaues Gewand an und Josef grundsätzlich einen roten Mantel? Wenn ich mich nicht verschaut habe, habe ich sogar schon den kleinen Jesus in Rosarot gesehen."

„Dass dir das aufgefallen ist", meinte Ruth. „Der Brauch mit Rosa für Mädchen und Blau für Buben ist ziemlich neu. Tatsächlich grad mal um die hundert Jahre alt. Erst 1920 etwa bürgerte sich das ein. Eigentlich widerspricht es der Farbsymbolik. Rot ist eine männliche Farbe und somit ist Rosa das kleine Rot und für die Buben. Blau ist wie schon von dir bemerkt die Marienfarbe und somit Hellblau nach der alten Tradition für Mädchen gedacht."

Lucienne blickte überlegen drein. „Ich hab doch gleich gewusst, dass da was faul ist. Ich finde das sowieso doof. Warum soll ich ein Mädchen nicht blau anziehen und einen Jungen nicht rot? Jedenfalls werde ich bei unserem nächsten Museumsbesuch die Bilder ganz genau anschauen und nicht davon ausgehen, dass Kleinkinder mit blauen Schleifchen immer Jungs sind."

Die beiden schwatzten noch eine Weile miteinander und trennten sich bald wieder.

24. Dezember: Heiliger Abend

Es war der 24. Dezember. Lucienne feierte mit ihrer Familie einen wirklich besinnlichen Weihnachtsabend. Ihre ältere Schwester hatte sich angewöhnt, ein wunderbares Menü für die Familie zu kochen, während die anderen noch letzte Hand an Christbaum, Geschenke und die Gestaltung des Esstisches legten. Kurz vor dem Festmahl zogen sich alle noch einmal zurück, um sich adrett anzuziehen. Dann legte Vater eine schöne CD mit Weihnachtsliedern ein und die Lichter an Baum und Krippe wurden angemacht. Dann wurde serviert. Während des Essens gab es wie immer Komplimente für die Mutter, weil der Baum wieder wunderschön war, und Ooohhs und Aaahhhs sowie die Ausrufe „Mmmh, lecker!" für das gute Essen.

Nach der Nachspeise war dann die Bescherung. Jedermann suchte sich die Päckchen mit seinem Namen unter dem Christbaum.

Zu späterer Stunde besuchten sie miteinander die Christmette. Und die Töchter des Hauses bestanden hinterher noch auf ein Gesellschaftsspiel. Es war wie immer eine besondere Nacht.

„Und vergesst nicht, den Esstisch komplett abzuräumen. Meine Mutter hat mir beigebracht, dass zumindest in dieser Nacht – wenn nicht sogar in allen Nächten – die Mutter Gottes darauf schläft", erinnerte ihre Mutter sie vor dem Schlafengehen.

Lucienne war wie üblich an Weihnachten also ziemlich spät ins Bett gegangen. Für sie waren die Vorweihnachtszeit und die Feiertage immer schon die schönste Zeit des Jahres. „Es ist früh dunkel, man backt Plätzchen, sitzt bei einer großen Kanne Tee zusammen und unterhält sich, und überall stehen brennende Kerzen. Und die Weihnachtsmärkte! Da kann ich mich immer gar nicht sattsehen.

Woher kommt eigentlich das Wort Weihnachten?"

Selbstverständlich wusste Ruth die Antwort. „Von ze den wihen nahten oder ze wihennechten, was übersetzt so viel heißt wie zu den heiligen Nächten. Diese Bezeichnung gibt es seit ungefähr 1150."

Ich kann gar nicht glauben, dass das Jahr mit den interessanten Ausflügen schon wieder vorbei ist. Ruth – kommst du trotzdem weiterhin?"

Diese lächelte zufrieden. „Natürlich komme ich weiterhin zu dir. Es gibt immer noch eine Menge zu lernen für dich. Und außerdem sind wir doch Freundinnen, oder? Als solche müssen wir selbstverständlich weiterhin Kontakt halten. Aber nun zum Weihnachtsabend und dem wunderschönen Christbaum – deinem zweiten heute."

Im Tal der Träume gingen sie in eine sehr alte und schlichte Dorfkirche, in der gerade die Mitternachtsmesse oder Christmette gefeiert wurde. Links und rechts vom Altar brannten echte Kerzen an je einem wunderschön gewachsenen Tannenbaum. Frisch geschnitten, verbreiteten die beiden Bäume einen herrlichen Duft von Wald und Natur. Am Baum hingen die verschiedenartigsten Strohsterne und ein paar vereinzelte Glaskugeln, in denen sich das Licht brach.

Zuerst wurde ein Krippenspiel von den jungen Leuten des Dorfes dargestellt. Beinahe wortgetreu kennt in Bayern jedermann diese Spiele. Fast jedes Kind hat – zumindest den Erzählungen nach – schon einmal bei solch einem Spiel mitgewirkt. Doch mit Jugendlichen, die auch noch richtig gute Laiendarsteller waren, war es für Lucienne und Ruth ein Genuss.

Der Pfarrer erzählte nicht viel Neues für Lucienne. Es ging wie immer an diesem Tag des Jahres um die Weihnachtsgeschichte, die ja jedes Kind schon kennt. Doch irgendwann merkte das Mädchen doch auf. Der Priester erzählte nämlich, dass der Brauch vom Tannenbaum als Christbaum noch gar nicht so alt war.

„Zuerst gab es die Sitte, sich um die Wintersonnenwende einen grünen Baum oder auch nur Zweige ins Haus zu holen. Die immergrünen Zweige sollten Glück ins Haus bringen. Dazu wurden Tanne, Buchsbaum, Stechpalme, Wacholder oder Eibe verwendet. Es gibt auch noch einen Vers, der auf diese Zeit zurückgeht:

Wer kein grün Tannreisig steckt ins Haus,
der meint, er lebt das Jahr nicht aus.

Erst im 15. Jahrhundert wurde dieser Brauch erwähnt. Und
der erste Bild-Beleg für einen „öffentlichen Christbaum", einen
mit Kerzen geschmückten Tannenbaum, befindet sich auf einem
Kupferstich von Lukas Cranach, dem Älteren von 1509. Doch
sonst wurden die Bäume nur mit Äpfeln, Nüssen und Lebkuchen
geschmückt.

Allerdings wurde im Jahr 1610 in Deutschland das Lametta
erfunden. Ja, meine liebe Gemeinde, von dort aus dauerte es
weitere Generationen, bis etwa um 1700 überall die Lichter an
den Bäumen dazukamen. Was natürlich nur für die Fürstenhäuser
galt. 1882 wurden in New York schon die ersten elektrischen
Kerzen für den Tannenbaum verkauft. Erst seit etwa 1900 setzte
sich der Brauch überall in Deutschland durch. Auf dem Land
dauerte es etwas länger, weil es als ‚protestantisches Zeug' im
katholischen Bayern erst skeptisch beäugt wurde.

Natürlich hat dieser traditionelle Christbaumschmuck auch
eine Bedeutung. Die Äpfel, oder später auch roten Kugeln, sollen
auf den Lebensbaum im Paradies anspielen. Nüsse sind das
Sinnbild von Christus und Lebkuchen oder Lebzelten (aus Leb
für Heilmittel oder Gebackenes und Zelto für flacher Kuchen)
wurden wirklich als Arzneimittel verwendet.

Eine andere interessante Tatsache ist, dass schon die alten
Germanen den Brauch pflegten, im Winter ihre Häuser mit
Zweigen zu schmücken. Von dort bis zum Christbaum ist es
eigentlich gar nicht so weit."

Lucienne empfand es eigenartig, dass dieser so beliebte Brauch
mit dem Baum doch noch so neu in der Region war. „Dafür
haben wir aber einen ganz besonders schönen Baum zu Hause",
dachte sie. „Die wunderschönen Glaskugeln und Zapfen, in
denen sich das Licht spiegelt, unter dem Baum die Krippe mit
den geschnitzten Figuren und die ganze sonstige Dekoration im
Haus – das macht doch alles erst Weihnachten aus."

Und als das letzte Lied erklang, erloschen die Lichter in der
Kirche und nur die Kerzen brannten noch, während aus hundert
und mehr Kehlen das berühmteste aller Weihnachtslieder
erklang:

149

Stille Nacht, heilige Nacht!
Alles schläft, einsam wacht
nur das traute hochheilige Paar,
holder Knabe im lockigen Haar,
schlaf in himmlischer Ruh!
Schlaf in himmlischer Ruh!

Stille Nacht, heilige Nacht!
Hirten erst kundgemacht!
Durch der Engel Halleluja
Tönt es laut von fern und nah:
Christ, der Retter ist da!
Christ, der Retter ist da!

Stille Nacht, heilige Nacht!
Gottes Sohn, o wie lacht!
Lieb aus deinem göttlichen Mund,
da uns schlägt die rettende Stund.
Christ, in deiner Geburt!
Christ, in deiner Geburt!

Stillschweigend trat die Gemeinde in den Nachthimmel hinaus. Es lag Schnee, der von Tausenden von Sternen und einem fast vollen Mond beschienen wurde. Die Silhouetten der Bäume zeichneten sich scharf vor dem Weihnachtshimmel ab. „Bayern ist doch wunderschön! Ich glaube, dass ich es mit nichts eintauschen möchte."

Ruth stimmte Lucienne zu, während die beiden den frischbeschneiten Weg entlang schritten. „Zum Weihnachtsbaum habe ich dir noch etwas zu sagen. Aber erst mal ein anderes Thema: Weißt du eigentlich, wer das Stille-Nacht-Lied geschrieben hat und wie alt es ist?", fragte Ruth ihre Freundin.

„Äh, nein. Ich weiß nur, dass es im Original deutschsprachig ist und dass es sozusagen um die Welt gegangen ist und heute in beinahe jeder Sprache gesungen wird."

„Na, das ist ja schon was. Es ist ein Lied, das zwei gebürtige Salzburger geschrieben haben. Die Musik ist von Franz Gruber, der Lehrer und Organist war. Die Worte dazu hat Josef Mohr, ein Pfarrer, geschrieben. Sie wirkten beide gemeinsam von 1817–1819 in Oberndorf an der Salzach. Das ist direkt an der Grenze zur deutschen Stadt Laufen. Und im Jahre 1818 erklang das Lied zum ersten Mal. Bis hierher sind sich alle Historiker einig. Was jetzt folgt, darüber wird wild spekuliert. Aber ich erzähle dir eine Version: Da die Orgel einen Defekt hatte, wurde das Lied mit der Zupfgeige oder Gitarre begleitet. Die beiden Musiker sangen Oberstimme und Bass, während die Gemeinde die vier Schlusstakte im vierstimmigen Chor sang.

In den nächsten Jahren geriet das Lied in Vergessenheit. Erst später fand es der Orgelbauer Karl Mauracher aus dem Zillertal wieder, der die schadhafte Orgel zu reparieren hatte. Dieser brachte das Musikstück mit nach Hause und so trat es später als Tiroler Volkslied von Leipzig aus (1839) die Weltreise an. Inzwischen gibt es Übersetzungen von DEM Weihnachtslied schlechthin in mehr als 300 Sprachen und Dialekte.

Was einigermaßen unbekannt ist, ist die Tatsache, dass das Original des Liedes sechs Strophen hat, von denen zum Beispiel im deutschen Gotteslob nur die erste, zweite und sechste abgedruckt sind und daher nur diese gesungen werden:

Stille Nacht! Heilige Nacht!
Alles schläft. Eynsam wacht
Nur das traute heilige Paar.
Holder Knab' im lockigen Haar,
Schlafe in himmlischer Ruh!
Schlafe in himmlischer Ruh!

Stille Nacht! Heilige Nacht!
Gottes Sohn! O! wie lacht
Lieb' aus deinem göttlichen Mund,
Da uns schlägt die rettende Stund'.
Jesus! in deiner Geburt!
Jesus! in deiner Geburt!

Stille Nacht! Heilige Nacht!
Die der Welt Heil gebracht,
Aus des Himmels goldenen Höh'n
Uns der Gnade Fülle läßt seh'n
Jesum in Menschengestalt!
Jesum in Menschengestalt!

Stille Nacht! Heilige Nacht!
Wo sich heut alle Macht
Väterlicher Liebe ergoß
Und als Bruder huldvoll umschloß
Jesus die Völker der Welt!
Jesus die Völker der Welt!

Stille Nacht! Heilige Nacht!
Lange schon uns bedacht,
Als der Herr vom Grimme befreyt,
In der Väter urgrauer Zeit
Aller Welt Schonung verhieß!
Aller Welt Schonung verhieß!

Stille Nacht! Heilige Nacht!
Hirten erst kundgemacht
Durch der Engel Halleluja,
Tönt es laut bey Ferne und Nah:
„Jesus der Retter ist da!"
„Jesus der Retter ist da!"

An was man sich nicht so gerne erinnert, sind die Gelegenheiten, bei denen das Lied mit beißendem Spott im Text als Protestlied gesungen wurde. Zum Beispiel um 1900 von Streikenden, nachdem Weihnachtsfeiern verboten wurden.

So, und jetzt noch die Info zum Baum. Den Lebensbaum gibt es schon in uralten Religionen. Es gibt die Vermutung, dass der Weltenbaum, die Esche, einer Verwechslung anheim gefallen ist. Viel logischer ist es nämlich, dass es sich hierbei um einen immergrünen Baum – also die Eibe – handelt.

Anscheinend wurde auch schon in alter Zeit nach der Wintersonnenwende ein Baum der Göttin Freya gewidmet. Dazu wurde er mit Äpfeln, Nüssen, Backwerk und Runen geschmückt.

Und zum Schluss nun noch zwei Bräuche für Weihnachten. Nach dem üppigen Weihnachtsessen am 25. Dezember, dem eigentlichen Festtag, soll man einen Rest des Essens und ein kleines Geldstück am Tisch liegen lassen, damit man im folgenden Jahr mit beidem reichlich versorgt wird. In der Landwirtschaft gab man auch Reste dieses Mahles an Felder und Tiere, damit man mit gutem Ertrag gesegnet wurde.

In manchen Gegenden der Welt ist es üblich, in der Nacht zum 1. Weihnachtstag in jedes Fenster des Hauses eine brennende Kerze zu stellen. Diese Tradition kommt noch aus alter Zeit und soll zeigen, dass man Fremde willkommen heißt – und somit auch die heilige Familie. Häuser, in denen kein Licht (kann selbstverständlich auch elektrisch sein) brennt, signalisieren, dass niemand willkommen ist – ganz so, wie in Bethlehem, wo es überall hieß: Wir haben kein Zimmer frei.

Ja, und am 25. Dezember – so wurde es vor langer Zeit festgelegt – ist also Christi Geburt durch die Jungfrau Maria zu feiern. Ich finde es interessant, dass die Griechen, Prygier, Syrer, Iraner und Römer jeweils auch die Geburt ihres Licht- bzw. Sonnengottes teils am selben Tag feierten – und nach den alten Sagen dieser Völker eben diese Götter auch von Jungfrauen geboren wurden.

26. Dezember:
St. Stephaniritt

„Guten Abend, Lucienne, hast du Lust, zu einem feierlichen Umzug zu gehen?"
Lucienne sah ganz überrascht drein. „Heute? Aber es ist doch noch der 2. Weihnachtsfeiertag."
„Ja, und dazu ist St. Stephan. Und der wird mit dem St. Stephaniritt gefeiert. Dies ist einer der ältesten Bräuche in Bayern – schon über 1100 Jahre gibt es den!"
Lucienne blickte immer noch ganz verdutzt. „Ja, natürlich möchte ich mit. Dann mal los!"

Erika putzte ihren Braunen, bis wirklich kein Staub mehr aus dem Fell kam. „Du siehst wie ein Teddybär aus und es ist kein Spaß, dich zu putzen. Und glänzen wird das dicke Winterfell auch nie wirklich. Na ja, Hauptsache, du frierst mir nicht da draußen."
Der angesprochene Wallach drehte beim Klang ihrer Stimme seinen hübschen Kopf zu Erika. Er blickte sie an, als ob er jedes Wort verstünde und selbst ganz traurig wäre über den nicht gerade salonfähigen Zustand seines Felles.
„Na komm, du alter Racker. Ist doch schon gut. Du bist sauber, das ist das Wichtigste. Jetzt musst du aber noch etwas angebunden auf mich warten, damit dir nicht wieder ein Blödsinn einfällt, während ich mich umziehe." Mit diesen Worten legte sie ihm Satteldecke und Sattel auf, schnallte den Gurt gerade fest genug, dass Caspar sich dessen nicht entledigen konnte, und verließ den Stall.
Nach einer Weile hörte man im Stall erneut Stimmen. Diesmal klang es eher wie Geschnatter. Es wurde gelacht und Späße ausgetauscht. Alle Reiter kamen umgezogen zurück, um den Pferden nur noch die Trensen anzulegen und dann aufzusitzen. Sie waren alle zu Ehren des Festtages in weißen Hosen und blankgeputzten Stiefeln. Unter den dicken Winterjacken hatten

sie alle weiße Pullover, Plastron und Reitjacke an. Kappen und weiße Handschuhe ließen das Bild vollkommen wirken.

Kurze Zeit später sah man einen Zug mit zwölf Pferden über die dick verschneiten Feldwege ziehen. Nach ein paar Kilometern stießen weitere Reiter zu ihnen und so fort. Bevor der Zug am Wirtshaus anlangte, umfasste er bereits 32 Reiter. Und am Gasthof selbst befanden sich auch schon an die 20. Weitere kamen hinzu.

Zuerst gab es einen „Bügeltrunk", bei dem die Reiter mit Glühwein oder Kinderpunsch etwas von innen her erwärmt wurden. Diejenigen, denen die Kälte nicht so viel anhaben konnte, zogen ihre dicken Jacken aus, um besonders feierlich auszusehen. Als dann später an die 100 Reiter und einige Gespanne zum festgelegten Zeitpunkt im Schritt zur freistehenden St. Stephans-Kapelle zogen, wurden diese von vielen Fußgängern begleitet.

Dreimal wurde das Kirchlein umrundet, unter Glockengeläut und Posaunenklang. Dann gab es eine Pferdesegnung, wo der Heilige um Beistand für das kommende Jahr gebeten wurde.

Hinterher brachten alle Reiter ihre Tiere wieder in den heimischen Stall und ein Teil traf sich dann nochmals in einem Gasthaus, um den Tag in Geselligkeit ausklingen zu lassen.

„Wie kam es zu dem Ritt?", fragte Lucienne neugierig.

Ruth antwortete in ihrer gewohnten Weise: „Schon in vorchristlicher Zeit kannten die Germanen und andere heidnische Völker Pferderituale und Umritte um die Zeit der Wintersonnenwende. Dies solle den Schutz der guten Geister erbitten und böse Geister abwehren.

Wie fast alle anderen heidnischen Bräuche konnte man diesen nicht abschaffen. So wurde ihm einfach eine neue – christliche – Bedeutung gegeben. In Bayern wird der Stephanitag sogar auch Großer Rosstag genannt.

Stephan wurde von den Aposteln in Jerusalem als Art Gemeindevertreter eingesetzt. Er erlangte Berühmtheit als mitreißender Prediger. Da er kein Blatt vor den Mund nahm, wurde er schnell beschuldigt, Gott und Mose gelästert zu haben, und man steinigte ihn. Besonders hervor tat sich bei dieser Sache

Saulus – der spätere Paulus. Stephanus wurde somit der erste Märtyrer des Christentums. Er ist aber auch der Schutzpatron der Steinhauer, Maurer, Zimmerleute und Weber.

Ein weiterer Brauch an dem Tag ist das Anschneiden des Kletzenbrotes. Dazu haben die unverheirateten Mädchen ihren Auserwählten eingeladen. Das Scherzl zu erhalten bedeutete innige Zuneigung und Liebe.

Des Weiteren gab es Stephaniküchl (oder auch Knienudeln), man schüttete Stephanssalz ins Herdfeuer, mischte Weihwasser und Salz unter das Viehfutter, trank Stefflschnaps oder hängte Salzscheiben im Stall auf. Aber diese Bräuche werden langsam vergessen, weil sich die landwirtschaftliche Struktur komplett geändert hat."

„Wenn du mir jetzt noch erklärst, was ein Kletzenbrot ist, dann bin ich vorerst zufrieden." Lucienne sah Julia erwartungsvoll an.

„Ach so, das kennst du gar nicht? Na, stimmt, das gibt es nicht in jeder Region gleichermaßen. Also, Kletzen sind eigentlich getrocknete Birnenschnitze. Meist wird das Kletzenbrot mit verschiedenen getrockneten und eingeweichten Früchten gemacht, wie Birnen, Feigen, Zwetschgen, Aprikosen und anderen. Nüsse sind darin auch sehr gut. Das Ganze wird über Nacht in Rum gelegt und dann mit einem Brotteig ummantelt und gebacken. Zur Verzierung sieht man meist halbierte Mandeln darauf. Üblicherweise beginnt die Backzeit für diese Leckerei am Andreastag. Und angeschnitten wird es am Heiligen Abend oder am Stephanstag."

DEZEMBER

„Jetzt bin ich aber schon gespannt, wie der alte Name für Dezember heißt. Dass Dezember von lateinisch zehn kommt, das weiß ich ja schon."

Ruth grinste Lucienne an. „Die deutschen Namen sind Christmond oder Julmond, aber auch Wintermond oder Frostmond. Der Monat des Lichtes und der Hoffnung. Bei den Angelsachsen gab es dafür Namen wie Heiliger Monat oder Wintermonat. Auch Percht soll ein alter Name für den Monat Dezember sein.

Der 1. Dezember ist für die Kinder ein wichtiges Datum. Das erste Türchen im Adventskalender darf geöffnet werden. Außerdem heißt es, dass an diesem Tag Sodom und Gomorrha zu Schutt und Asche geworden seien. Man solle an diesem Tag alles zu Ende führen, was man anfängt, und keine Fehler machen, da es sonst ein schlechtes Zeichen wäre.

Ach ja, und die Zeit der Maronen und Bratäpfel ist jetzt auch. Wer beides gerne isst, hat im Moment die besten Chancen, auch ganz problemlos an die Leckereien zu kommen. Und spätestens jetzt solltest du deine Weihnachtslieder wieder herauskramen. Die Zeit, diese zu hören, zu spielen oder zu singen, wird bald wieder vorbei sein.

Am 4. Dezember ist Barbaratag, Schutzheilige für Gewitter und Bergleute sowie der Waffenschmiede. Die Heilige wurde wegen ihrem Glaubensbekenntnis vom eigenen Vater enthauptet, worauf einen Moment später ein Blitz vom Himmel fuhr und ihn tötete.

Man sollte einen Barbarazweig vom Kirschbaum schneiden, über Nacht in lauwarmes Wasser legen und dann in eine Vase stellen. Jeden dritten Tag das Wasser wechseln, dann sollten Weihnachten Blüten hervorbrechen, die an den Spross aus der Wurzel Jesse erinnern sollen.

Ein anderer Brauch ist das „Adonisgärtchen". Dreilagiges Fliespapier in eine flache Schale legen und Getreidekörner darauf legen. Gut feucht halten, dann hat man bis Weihnachten ein Gärtchen für die Krippe.

Am 6. Dezember ist St. Nikolaus. Wie wir wissen, gibt es um diese Zeit in manchen Gebieten die Krampus- und Perchtenläufe.

Auch wenn die Perchten zu dieser Zeit nach dem richtigen Brauchtum eigentlich nichts zu suchen haben. Sie gehören zu den Raunächten und nicht in die Zeit vor Weihnachten, denn sie sollen ja mit ihrem Lärm den Winter austreiben.

Am 8. Dezember ist Mariä Empfängnis. An dem Tag hatten früher die Frauen arbeitsfrei. Man stellt eine Kerze ins Fenster, die die ganze Nacht über brennen soll.

Bald werden die Weihnachtsbäume gekauft. Tannen halten besonders lange ihre Nadeln, wenn sie vier Tage vor dem 11. Vollmond des Jahres geschlagen werden. Welcher meistens in den November fällt.

Den 13. Dezember mit der heiligen Luzia hatten wir ja schon.

Am 17. Dezember beginnt mancherorts das Christkindl-Einläuten.

Der 21. Dezember ist der Tag mit der längsten Nacht. Hier ist wie immer der Mond zuständig, das Datum variiert also. St. Thomas, Wintersonnwende, Winter Solstice wird der Tag auch noch genannt.

An diesem Tag wurden oft die Bedürftigen gespeist. Für die germanischen Vorfahren war an diesem Tag das höchste Fest des Jahres. Die Wiedergeburt des Lichts wurde gefeiert und damit auch der Beginn eines neuen Jahres. So wurden auch in dieser Nacht Sonnwendfeuer entzündet und mit Tanz und Gesang gefeiert.

Angeblich soll in der Nacht alles, was man träumt, in Erfüllung gehen – sofern man sich verkehrt herum ins Bett legt. So wie die Träume in den Nächten der vier Adventssonntage ankündigen, was die vier Quartale des nächsten Jahres mit sich bringen.

Und das nächste Fest ist ja doch schon Weihnachten. Da wir im Laufe des Jahres erfahren haben, dass die meisten christlichen Feste einen heidnischen Ursprung haben, verwundert es dich sicher nicht, dass auch die meisten Aspekte des Weihnachtsfestes aus dem heidnischen Glauben stammen."

„Ja, alles irgendwie fauler Zauber. Da meint man immer, die christlichen Feste sind was Besonderes, und wenn man sie dann genauer betrachtet, sind sie zum Teil nur ein leicht veränderter Abklatsch von viel älteren Traditionsfesten. Aber schön sind sie trotzdem. Ich würde nicht gerne darauf verzichten."

„Natürlich gibt es noch weitere weihnachtliche Bräuche, die von Region zu Region verschieden sind. In manchen Gemeinden werden vor dem Besuch der Christmette kleine Christbäumchen mit brennenden Kerzen auf den Gräbern der Verstorbenen aufgestellt.

In anderen Gegenden werden Haus und Stallungen ausgeräuchert. Und im Berchtesgadener Land gibt es noch einen heidnisch-christlichen Brauch, nach dem Bauer und Bäuerin nach der Mette im Obstgarten mit einem Stecken gegen jeden einzelnen Baum dreimal schlagen müssen, damit diese auch wieder austreiben.

Außerdem gibt es dort die Weihnachtsschützen, die am Heiligen Abend am Nachmittag und während des Mettenläutens von den Hügeln aus ihre Böllerschüsse erklingen lassen. Was wiederum heidnische Wurzeln hat, denn in der Zeit vertreibt man mit möglichst viel Lärm die bösen Geister. Jetzt heißt es halt Salut zur Begrüßung des göttlichen Kindes.

Wieder in anderen Gegenden gibt es am 25. in der Früh ein Konzert der Turmbläser. Jedenfalls bin ich der Meinung, wer Weihnachten nicht irgendwie positiv und schön zu gestalten versteht, ist arm dran.

Übrigens hat es nicht nur den germanischen Pferdegott Wotan gegeben, von dem wir während der Raunächte gehört haben. Nein, es gab auch eine keltische Pferdegöttin. Und zwar hieß diese Epona. Ihr Name leitet sich vom keltischen Wort für Pferd – Epos – ab. Ihr Tag ist der XV. Januarii – welcher in unserer Zeitrechnung etwa auf den 24. Dezember fällt.

Der 2. Weihnachtsfeiertag, der 26. Dezember, ist der St. Stephanstag. An dem Tag ist der St. Stephaniritt.

Aber ich habe dir noch nicht von den letzten Tagen des Dezembers berichtet. Am 27. Dezember ist Johannes. Und zwar der Apostel Johannes. Da die Legende sagt, dass Johannes folgenlos einen Giftkelch leerte, weiht man an seinem Tag Wein in der Kirche. Dieser wird nach Hause gebracht und aufbewahrt.

Am Johannistag führt ein Mann seine Frau in ein Gasthaus und lädt sie zum Essen ein. Bei der sogenannten „Weiberdingente" zahlt die Frau den Wein, womit sie sich für das nächste Jahr dem Mann wieder verpflichtet.

In früherer Zeit wurde oft ein Tanzabend gegeben. Außerdem konnte man die Arbeitsstelle wechseln in bestimmten Regionen. Am 28. Dezember solltest du jedem Esel, dem du begegnest, eine Leckerei ins Maul stecken zur Erinnerung an die Leistung, die der Esel für die heilige Familie erbracht hat.

In den Kloster- und Domschulen wurde früher an dem Tag ‚verkehrte Welt‘ gespielt. Die Schüler hatten das Regiment. Das Kinderbischofsspiel, das auch vom Nikolaustag her bekannt ist, hat hier seinen Ursprung.

Früher wurden an diesem Tag die Patenkinder mit Gebäck beschenkt. Und in der heidnischen Welt zog Frau Holle mit allen Kindern, die im Jahr geboren werden sollten, umher. Der Geisterzug musste natürlich nicht hungrig gehen. Man stellte Essen dafür bereit.

Heute ist der ‚Tag der unschuldigen Kinder‘, jener Kinder also, die Herodes hinrichten ließ.

Und außerdem ist der 28. Dezember auch der unglücklichste Tag des Jahres. Man sollte gar nicht mit einer Arbeit beginnen, weil es ja doch nur in einem Desaster enden kann.

Und dann haben wir am 31. Dezember noch Silvester. Der Papst, dessen Namen der Tag trägt, verstarb genau an dem Tag im Jahre 335. In der Nacht zum neuen Jahr gibt es natürlich zahlreiche Traditionen, Orakel und so weiter. Vieles kennst du schon und auf das andere will ich jetzt gar nicht eingehen.

Auf eine Kleinigkeit will ich aber kurz zu sprechen kommen. Auf zahlreichen Weihnachtskarten liest man den Spruch: ‚Frohe Weihnachten und einen guten Rutsch ins neue Jahr‘ oder ähnlich. Das mit dem guten Rutsch ist nicht etwa so gemeint wie das ‚Hals- und Beinbruch‘ bei Artisten, sondern kommt aus dem Jüdischen. Es ist mehr eine Verballhornung von ‚Gut Rosch‘, was soviel wie ‚Guten Anfang‘ bedeutet. ‚Rosch ha-Schanah‘ heißt auf jüdisch ‚Anfang des Jahres‘.

Aber nun wünsche ich dir eine gute Nacht und besonders schöne Träume!“

Lucienne war sehr müde. Schließlich war Silvester und es war richtig spät in der Nacht.

„Obwohl ich eigentlich nicht wach bin, glaube ich trotzdem, es ist heute für mich besser, wenn ich jetzt versuche, richtig tief zu schlafen. Ich freue mich schon auf deinen nächsten Besuch, Ruth!" Kurz darauf war sie wieder in einen traumlosen Schlaf gesunken.

LITERATURLISTE

Amtmann, Rolf (1986): *Brauchtum und Mythos – Die vier Urgestalten der Religion.* Grabert-Verlag, Tübingen.

Bayerische Vereinsbank (1985): *Weihnachtliche Bräuche in Hamburg und Norddeutschland, in München und Oberbayern.* Meindl Druck GmbH, München.

Beilstein, Wilhelm (1940): *Lichtfeier – Sinn, Geschichte, Brauch und Feier der deutschen Weihnacht.* Deutscher Volksverlag, München.

Bichler, Albert (2001): *Feste feiern übers Jahr.* Rosenheimer Verlag, Rosenheim.

Der Bayerische Kalender (2000): *Festtagsbräuche in unserer Zeit.* Verlagsanstalt „Bayerland", Dachau, 2. Auflage.

Früh, Sigrid (1998): *Rauhnächte – Märchen, Brauchtum, Aberglaube.* Verlag Stedel, Waiblingen.

Fuchs, Friederike (2007): *Bauernregeln – Altes Wissen rund um Feld und Garten, Bauernmedizin und Brauchtum.* Weltbild Verlag, Augsburg.

Gerndt, Siegmar (1984): *Unsere bayerische Heimat – ein Kulturführer.* Prestel Verlag, München.

Heller, Eva (1993): *Wie Farben wirken.* Rowohlt Verlag GmbH, Reinbek bei Hamburg

Jenik, Claudia (2010): *Die acht neuheidnischen Jahreskreisfeste im Spiegel der Kulturen.* Download www.wurzelwerk.at

Jünemann, Joachim (1997): *Das Pferd im heidnischen Kult und christlichen Brauchtum.* Selbstverlag.

Kreitmeir, Klaus (2001): *Alles über Weihnachten – Das kleine Weihnachts-ABC.* Verlag Herder, Freiburg im Breisgau.

Kusserow, Wilhelm (1974): *Heimkehr zum Artglauben.* Band 1–3, Hrsg. Die Artgemeinschaft – Germanische Glaubensgemeinschaft wesensgemäßer Lebensgestaltung e. V. 1974–1976.

Lenz, Werner: *Merk-Würdiges von a–z.* Präsentverlag Heinz Peter, Gütersloh.

Rohrecker, Georg (2002): *Druiden, Wilde Frauen, Andersweltfürsten.* Pichler Verlag, Wien.

Ulbrich, Björn und Gerwin, Holger (1999): *Die geweihten Nächte – Rituale der stillen Zeit, ein Ratgeber für Weihnachten.* 3. Auflage, Arun-Verlag, Engerda.

Werner, Paul und Richilde (1999): *Weihnachtsbräuche in Bayern – Kulturgeschichte des Brauchtums von Advent bis Heilig Dreikönig.* 1. Auflage, Verlag Anton Plenk, Berchtesgaden.

Zucker, Karolina (2001): *Woaßt, wieas gwen is?* Eichendorf Verlag, Eichendorf.

Beiträge unter folgenden Internetseiten (seit 2003 gesammelt):

http://www.religioeses-brauchtum.de/

Zahlreiche Artikel unter www.wikipedia.org

http://www.baby-vornamen.de, http://www.vorname.com, und http://www.beliebte-vornamen.de

Lieder/Gedichte:

A visit from St. Nicholas: Clement Clarke Moore (1779–1863)

Die Hexen zu dem Brocken ...: aus „Faust. Eine Tragödie" von Johann Wolfgang von Goethe (1749–1832)

Lasst uns froh und munter sein: Josef Annegarn (1794–1843), vermutlicher Verfasser

Sankt Martin: Volksgut

Stille Nacht, Heilige Nacht: Franz Xaver Gruber (1787–1863) und Joseph Mohr (1792–1848)

WOCHENTAGE

Montag	Bei den Römern dem Mond geweiht „dies lunae", wurde bei uns daraus Montag.
Dienstag	Tag des Kriegsgottes Mars „dies Martis". In Deutschland setzte sich das Wort Dienstag durch, vermutlich von „Mars Thingsus", dem Gott des Things (Volksversammlung) kommt.
Mittwoch	Der Tag des Merkur, also „dies Mercurii", wurde später bei uns der Tag, der die Woche teilt.
Donnerstag	In Rom der Tag des Jupiter „dies Jovis" wurde andernorts durch den Gott Donar ersetzt.
Freitag	Tag der Venus „dies Veneris" für die Römer, wurde bei den Germanen durch die Göttin Freya ersetzt, woraus der Freitag entstand.
Samstag	Der „Dies Saturni" verwandelte sich in Süddeutschland vom Sabbatstag zum Samstag.
Sonntag	Hier bleiben wir bei der Entsprechung des „dies Solis".

MONATSNAMEN

Schneemond	Januar (auch Hartung)
Hornung	Februar (auch Taumond, Narrenmond)
Lenzing	März (auch Lenzmond, Ackermonat)
Ostermond	April (auch Keimmond)
Wonnemond	Mai (auch Weidemond)
Brachet	Juni (auch Brachmond, Lilien-, Sommer-, Rosen-, Heu- oder Hundsmonat)
Heumond	Juli (auch Erntemonat, Heuert)
Erntemond	August (auch Ernting)
Herbstmond	September (auch Scheiding, Früchtemond)
Gilbhard	Oktober (auch Weinmond, Reifmond)
Nebelmond	November (auch Nebelung, Windmond oder Wintermond)
Christmond	Dezember (auch Julmond, Wintermond oder Frostmond)

NAMENS-/ WORTVERZEICHNIS

Adelheid	Edles Wesen
Agnes	griechisch keusch rein, geheiligt, geweiht
Aisling	altirisch der Traum, die Vision
Alois	Der Weise
Anna-Maria	Anna = die Begnadete, Maria = Gottesgeschenk
Antje	Gnade oder Anmut (von Anna)
Barbara	Die Fremde
Brigitta	hell, scheinend (nach der keltischen Sonnengöttin Brigid)
Caspar	persisch Schatzmeister (Casper)
Enbarr	prächtige Mähne
Erika	Die Hochgeschätzte (germanisch)
Ferdinand	kühner Beschützer
Goaßl	Peitsche mit langer Schnur, die laut schnalzt, wenn sie durch die Luft gewirbelt wird. Noch heute gibt es Gruppen von „Goaßl-Schnalzern", die zum Takt von Musik ihre schwierige Kunst vorführen.
Gregor	wachen, auf der Hut sein
Heidi	Koseform von Adelheid (Edles Wesen, von edler Gestalt)
Jakob/Jake	Gott möge schützen
Johannes	Gott ist gnädig
Kassandra	Die Verführerin, die Männerfangende
Konstantia	die Beständige, Standhafte
Lieserl	von Elisabeth, Gott ist Fülle (hebr.)
Lucienne	abgeleitet von lat. Lux, das Licht. Die Erleuchtete, die Strahlende (in der Mythologie ist Lucina die Göttin des Lichts

Lukas	der Lukanier oder der Leuchtende
Magdalena	auch Leni, Frau aus Magdala, die Erhabene
Maria	sowie Marie/Marei: Gottesgeschenk, die Gesegnete, aber auch die Unzähmbare
Martina	abgeleitet vom Kriegsgott Mars, die Kriegerische
Mathias	Geschenk von Gott
Mathilde	Macht, Kampf, Stärke
Niamh	altirisch die Helligkeit, Schönheit, also die Strahlende, die Schöne
Paul	der Kleine, der Geringe
Resi	Kurzform von Theresia, vermutl. von der griech. Insel Thera
Richard	von rihi = reich, mächtig und harti = hart, stark (althochdt.)
Romanus	der Römer
Ruth	hebräisch für Freundin, Freundschaft
Shane	Irische Form von Johannes, Gott ist gnädig oder der Schöne
Tamara	in Russland bedeutet der Name „Die kleine Tänzerin" oder „Sonnengöttin"
Tina	von Christina (Christi Anhängerin oder die Gesalbte)
Vinzenz	lat. der Sieger
Xaver	vom spanischen Schloss Xavier bei Pamplona

Weitere Bücher von Daniela Brotsack:

Mit dem Mut einer Löwin – Der lange Weg nach Hause

Die 27-jährige Laura, von Bürojob und Freizeitaktivitäten gestresst, sehnt sich nach Ruhe und Erholung. Im Urlaub startet Laura mit ihrem Pferd Arwakr zu einem Ausritt in ihr geliebtes Altmühltal. An einem idyllischen Fleckchen gönnen sich Laura und Arwakr eine Rast. Plötzlich treten Kaufleute aus einem längst vergangenen Jahrhundert in Erscheinung und ziehen an ihnen vorbei. Wenig später begegnet Laura einem geheimnisvollen Ritter, der sie auf sein Gut führt. Die impulsive und unkonventionelle Laura nimmt all ihren Mut zusammen. Wird sie sich dem Abenteuer stellen? Wird sie sich in der neuen Umgebung und dem ungewohnten Alltag zurechtfinden? Eine packende Reise in die schillernde Welt der Feudalherren im Altmühltal – auf über 250 Seiten knisternde Spannung.

Roman, ISBN: 978-3-8370-0308-6 (BoD 2007)
erhältlich als Taschenbuch oder als E-Book

An diesen wundersamen Tagen

Eine Sammlung von 15 Geschichten rund um die Weihnachtszeit für Jung und Alt. Erzählungen aus unserer Zeit, die den Zauber der Märchen von einst innehaben. Manche davon amüsant, andere entführen uns in die heile Welt, welche wir uns gerade zu Weihnachten insgeheim wünschen, wieder andere regen zum Nachdenken an. Doch vor allem eignen sich die Geschichten hervorragend, um vorgelesen zu werden.

ISBN: 978-3-7347-2785-6 (BoD 2014)
Erhältlich nur als E-Book